準備万端異世界トリップ
～森にいたイタチと一緒に旅しよう！～
POTATO

主な登場人物
スクリ
里佳子が初めて遭遇した大蛇。人間の言葉を話す不思議な生物で里佳子のことを一番に考えている。
山田彼方
（やまだかなた）
中川さんにフラれたと思って山登りをしていたところ、異世界に転移してしまった高校生。父からもらった不思議なリュックでなんとかサバイバル生活をしている。
ミコ
イタチ（イイズナ）のリーダー的な存在。餌をもらったことがきっかけで彼方に懐いている。
中川里佳子
（なかがわりかこ）
彼方と同じく山登り中に異世界に転移した女子高校生。頑張り屋な一面がある。

オオカミ
彼方がスクリから紹介されたオオカミ。彼方や里佳子に異世界のことを教えてくれる。
テトン
元は森の側に棲んでいた住人。国の兵士に家を奪われたため、一時的に村に住んでいる。オオカミのことを知っており、尊敬している。
村長
森を抜けた山のふもとにある村の村長。打算的で彼方たちを歓迎していない様子。

Contents

準備万端異世界トリップ
～森にいたイタチと一緒に旅しよう！～

浅葱

イラスト
むに

――異世界（？）に来て約1カ月が過ぎた。

俺はまだこの安全地帯（？）にいる。

俺、こと山田彼方《かなた》、17歳男子高校生は、つい1月《つき》ほど前に異世界トリップしたらしい。

なんで俺がここにいるのかはさっぱりわからない。

失恋して山を登り、山頂に着いたら真っ白い光に包まれて、気がついたらここ、ここにいたのだ。

おそらくここは異世界なんじゃないかと思うのだが、誰かが迎えに来てくれるわけでもないし、神様の声とかも未《いま》だ聞こえてこない。

不明な情報ばかりで申し訳ないが、この安全地帯から1歩でも出ようとすると角《つの》のあるイノシシとか、尖《とが》った角を持つシカとかが突進してくるのだからしょうがない。探検したいと思ってもできないから、まだしばらくはここにいるしかないのだ。

ここはだだっ広い原っぱで、真ん中に椿《つばき》（？）の木のようなものが生えている。原っぱの周りには竹林があるが、一部普通の木が生えている区画もあり、時々そこから恐ろしい獣が入ってくる。

ブヒイイイイイイイッッ!!

今日も唾《つば》を吐《は》き散らしながら角の生えたイノシシのような生き物がこの安全地帯に向かって攻めてきた、と思ったら入口付近でこけた。木が生えている辺りにはソースや醤油《しょうゆ》、焼肉のタレなどをたっぷり撒《ま》いてある。

ピギイイイイイイイ‼

イノシシもどきは断末魔の叫《さけ》びを上げ、泡《あわ》を吹いて事切れた。

さて、今日もおいしいごはんがやってきたからがんばって解体しますか……。

そのままだと毛を毟《むし》るのがたいへんだから湯を大量に沸《わ》かそう。

いったいいつになったらこの安全地帯から出ていけるようになるのやら。

いつの間にかすぐ側《そば》に来ていたイタチ（？）たちに見守られながら、最初の頃よりは少しだけ手際《てぎわ》よくイノシシもどきを解体していくのだった。

1章　でっかい角のあるイノシシとかまさに異世界

山田彼方です。

1月半が過ぎましたが未だ誰にも会っていません。

どうもここに誰かがいた痕跡《こんせき》はあるのだけど、錆《さ》びた剣とか鎧《よろい》とか鍋《なべ》、そして人骨があるばかりで生きた人には会えていません。（さすがに人骨を見つけた時はビビッた）

いいかげんイタチ（？）たちに話しかけるだけの生活というのも寂《さび》しいです。

出会いカモン。

あ、でも盗賊とか、悪い人はナシでお願いします。

……そろそろ丁寧《ていねい》な話し方をするのも疲れてきた。

話を整理しよう。
まずは、俺がここに来た経緯と初日までの怒涛《どとう》の状況を聞いてほしい。（いったい誰に話してるんだ俺は）
何度も言うが、俺は17歳の男子高校生だ。

クラスの女子に高1の頃から密《ひそ》かに惚《ほ》れていたが、先日その女子と他校のイケメンが一緒にいてじゃれ合っているのを見かけた。あれが彼氏でなくてなんであろう。イケメンはなれなれしく彼女の肩を抱いて、どこかへ連れていってしまった。

失恋決定だった。

落ち込んでいる俺に、未だ厨二病《ちゅうにびょう》全開（オタクである）の父親がでかいリュックをくれた。なんでもオタクの聖地と呼ばれるアキハ町の露店《ろてん》で買ってきたいわくつきのリュックだという。

「100円だよ100円！　こんなしっかりしてそうなリュックがたったの100円！　しかも、このリュックの中に入れたものはなくならないんだとさ！」

見た目立派で頑丈そうな新品のリュックが100円とかありえないだろ。底に穴でも空いてんのか？　つか、リュックの中に入れたものがなくなったらおかしいだろ。

「チッチッチッ！　わかってないなぁ彼方は。例えばこのリュックにポテチを入れて取り出すだろ？　リュックを閉めて再び開けたらなんと！　ポテチがもう1袋あるんだ！」

「ポケット叩いたらビスケットは割れるだろ。そりゃあ数だけは増えるよな」

「夢もロマンもない！」

父親がムンクの叫びポーズをした。あー、うっせーしうぜー。

まぁリュックとしては普通に使えそうだからもらうことにした。でも底が簡単に抜けたりしたら困るよな。試《ため》しに重そうなもの……と思ったけど、教科書とか入れて出したらもう1冊プレゼント！　とかされても困るので、缶詰《かんづめ》をくすねることにした。桃缶《ももかん》とかみかん缶、パイナップル缶でも入れれば大丈夫かどうかわかるだろう。

入れて持ってみたが、けっこうな安定感だった。

翌日、いつも通りに登校した。正直彼女の姿を見るのがつらかった。

すんごく唐突に、山へ行こうと思った。

「なんかあったのか？　失恋でもしたか？」

という無神経な父親の声を背に、俺は無言で山登りの準備をした。鈍行で2時間ほど行った先に1892メートルの高さの山があるのだ。それほど登る人もいないと聞いているから、1人になっていろいろ考えることもできるだろう。

考えたところで失恋は変わらないが。くそう。

親は面白がっていろいろなものを準備してくれた。飯盒《はんごう》に生米とかどうしろというんだ。なんか高そうな十徳《じっとく》ナイフももらった。以前もらったサバイバルナイフもある。ビニールシートや段ボールもあるといいよと言われ、なんとなく言われるがままに全部入れた。

ペットボトルは2本。500ミリリットルのと2リットルのだ。それから念のためにでかい水筒。俺はキャンプにでも行くのだろうか。

防寒具、ライター、ステンレス製のカップ、45リットルのビニール、エトセトラエトセトラ……。

だから俺はいったいどこへ行くのか。

リュックの中身が何日野宿するんだと言いたくなるような状態になり、夏休みを迎え。

俺は予定通り山に登った。

地上は晴れていたが山の上の方では霧が出ていた。おかげで夏の暑い中だというのにけっこう快適に登れた。登山道の途中でわたがしみたいな雲が浮いていた。触《さわ》りたいと思ったがそのまま道を反《そ》れて流れて行ってしまった。ちょっと残念だった。

山頂に着き、二果山《にはてやま》山頂、海抜1892メートルと彫られた石碑《せきひ》に触れた途端《とたん》不思議なことが起こった。

「うえっ⁉」

「え？　何⁉」

一瞬石碑がパアッと光ったかと思うと、俺は見知らぬ原っぱにいた。

さっきなんか女性っぽい高い声が聞こえたような気がしたが、近くには誰の気配もない。気のせいだったのかもしれなかった。うん、気のせいということにしておこう。

それよりもまずは現状把握《はあく》である。

俺が先ほどまで山の上にいたことは間違いない。でもここは原っぱだ。山の上にはこんなに草は生えていなかった。（高さが50センチメートルぐらいある）石碑もなくなっている。

俺は極力顔を動かさず、周りを見た。

原っぱの真ん中辺りに立派な木が何本も生えているのが確認できた。間隔が多少空いているから林、というほどでもない。でも少なくとも20本以上は生えているようだ。そしてこの原っぱの周りは何故《なぜ》か竹がいっぱい植わっているように見える。一部は普通の木のようだが、それ以外は全部竹だ。誰かの土地にでも入ってしまったんだろうか。

どうやって？

「……とりあえず落ち着こう。まずは段ボールでも敷いて……」

あまりにも静かすぎるので口に出さずにはいられなかったのだ。リュックに入るよう4つに折りたたんできた段ボールを出して敷いた。けっこうな広さがある。ちょっと落ち着いた。

「とりあえず飲み物を確認……」

ペットボトルを2本とも出し、水筒を出した。飲むなら水筒からがいいだろう。

お茶を1杯飲んでから考えよう。

だが水筒からコップに注いだどろりとした茶色の液体を見て、俺は思わず叫んでしまった。

「なんじゃこりゃあああああ⁉」

ＯＫＯＫ、きっとこれは夢だ。

そうでなければお茶を淹《い》れてきたはずの水筒の中身が焼肉のタレになっているはずがない！

親のいたずらか？　ドッキリか何かなのか⁉　そんなヒマあったか？　つーか俺の水筒に焼肉のタレを詰めてどうしろというんだ。野生動物でも狩ってＢＢＱでもしろってのか⁉　そんな解体スキルとかないし。

え？　味見したのかって？　したよ！　だって朝お茶を淹れてきたつもりだったんだぞ。そしたら焼肉が食いたくなっちゃったじゃないか、どうしてくれる！

しょうがないから５００ミリのペットボトルから水を半分ほど飲んだ。くそう、まだ口の中がしょっぺえ。

この原っぱには水が出るようなところはないんだろうか。やっぱりここから出て川を探さなきゃだめか。そんなことを思いながらリュックを開けたら。

「あれ？」

なんでまだ５００ミリのペットボトルがあるんだ？　水が満杯に入っている。それを取り出してリュックを閉じ、ペットボトルを見比べた。俺、５００ミリ2本も入れたっけ？　まぁい

い。もう1本あるなら飲みかけのペットボトルは飲んでしまおう。飲んでから空のペットボトルをリュックにしまった。さすがにごみをここに捨てていくわけにはいかない。

「あー、どーすっかなー」

呟《つぶや》いたら原っぱの際《きわ》、普通の木々が生えている向こうからすごい音が聞こえてきた。

ドドドドドドドドッッ!!

何かが走っているような、そんな音である。それがどんどん近づいてくる。

「嘘《うそ》だろ……」

呆然《ぼうぜん》としている間に姿を現した何かには、でかい角があった。

「え？　イノシシ？　え？　なんで？」

でかい、というほどではないが角のあるイノシシもどきが俺めがけて突進してきた。

「だからなんでだーーーーっ!?」

俺はとっさに、焼肉のタレが入ったままの水筒のコップを取り、その中身をイノシシに向かって投げ、進行方向から2、3メートルは避《よ》けた。

ピギイイイイイイイイイッッッ!?

目をギュッとつむって突進されるだろう衝撃に備えたのだが、いつまで経っても衝撃が来ない。おそるおそる目をそっと開けると、何故かイノシシもどきがまっすぐ走った先で泡を吹いて倒れていた。その顔に焼肉のタレを浴びた状態で。

「えええええっ⁉」

何がなんだかさっぱりわからなかった。

これが、俺がこの安全地帯に来た日の出来事である。


イノシシもどきはどうやら焼肉のタレが原因で死んだらしい。（これは1月半経った今では確信している）

そして死んでも消えないイノシシもどきをどうしようかと考えた。

「せっかくだから解体してみるか」

ということでラノベの知識を総動員して、サバイバルナイフ、十徳ナイフを駆使してどうにか解体してみた。めちゃくちゃ時間はかかったし、あまりのグロさに何度もリバースした。しかもなんか解体している間にどこからともなく小さなイタチ（？）たちが近づいてきた。

1匹は白く、他のイタチは毛の色が黄色か茶色だった。なんとも落ち着かなかったが、自分が食べられるだろう量だけ確保してからイタチたちに声をかけた。

「あー……このイノシシもどき食べる？　食べてくれるとありがたいんだけど……」

イタチって確か肉食だったよな？　でもイノシシもどきなんか食べるんだろうかと思ってい

たら、イタチたちはトトトッと近づいてきてその内臓から食べ始めた。

怖い。小さいけどすっごく怖い。

俺は少し離れたところで草を刈り、簡単に石を積んで竈《かまど》を作ってから、何故かリュックに入っていた小さなフライパン（１００均とかで売ってるようなやつだ）でイノシシもどきの肉を焼くことにした。つーか誰だよ俺のリュックにフライパン入れた奴。って、そんなのうちの父親しかいないよな。

念のためよーく焼いたのだが、シシ肉もどきは美味《びみ》だった。焼肉のタレ、素晴らしい。ビバ！焼肉のタレ！　母が握《にぎ》ってくれたおにぎりもゆで卵もおいしかった。ゆで卵には焼肉のタレをつけてみた。最高だった。

しかしこの水筒の中身っていつも焼肉のタレなんだろうかと疑問が湧《わ》いた。中身を別のに入れ替えたら別の調味料とかにならないかな？　まぁでも焼肉のタレでもいいか。イノシシもどきが死んだ原因はこれかもしれないし。

水筒の中身をとりあえず空いた５００ミリペットボトルに詰めてみた。いっぱいになった。そういえば俺の水筒でかかったな。多分素《す》で1リットルぐらい入るんじゃないか？

水筒を洗った方がいいとは思ったが、使った水はどうしたもんか……。焼肉のタレスープにでもするか。

いろいろ検証してみてわかったことだが、確かにこのリュックは不思議なものらしい。空いたペットボトルをしまって、また出したら水がいっぱいに入っているのだ。それを何度もやってみたことで、父親が言っていた通りリュックの中身がなくならないだけでなく勝手に補充されるということがわかった。

ここが異世界かもしれないってだけでどうかと思うのに、持ってきたリュックまで四次元ポ○ット的な何かってなんなんだよ。

ため息をつく。

なんとなくリュックを漁《あさ》ってポテチの袋を出した。

パリパリと食べていたらイタチたちが近づいてきた。

白いイタチが立ち上がるようにして首を傾《かし》げる。仕草《しぐさ》はかわいいけど口の周りは真っ赤だった。すんごく怖い。

しょうがないからポテチをあげたら喜んで食べてくれた。うんうん、明日リュックの中にあったらまたあげるから俺のことは食べないでね。

結局イタチたちに残りは取られてしまった。ポテチ好きなイタチ……まぁおかしくもないか。

さて、腹ごなしを終えたところで今夜の寝床《ねどこ》はどうしよう。

原っぱの真ん中にある木の方へ向かった。木の下だったら雨が降っても少しは避けられるかなと思ったのだ。

イタチたちがついてくる。

どうやらこの木々はイタチたちの棲《す》み処《か》だったらしい。

その木の葉っぱは濃い緑でしっかり葉っぱ！　というやつだった。赤い花が咲いている。俺でも知っている。椿の花だった。

ってことはもしかして毒虫がいるのでは、と冷汗《ひやあせ》をかいたが、その木にいたのは毛虫ではなく芋虫《いもむし》だった。

「……え？　芋虫って、毛虫になるのか？　それとも毛虫は生まれた時から毛虫なのか？」

そこらへんの知識はない。得体《えたい》が知れないことには違いない。まだこれ以上近寄ってはいけない気がした。そうなると寝床はどうやって作ったらいいだろうか。

厨二病の父親の影響でラノベは読み漁ったし、そういう異世界トリップ系のマンガも沢山《たくさん》読んだ。その中から知識を総動員してみよう。

とりあえず、

「ステータスオープン！」

と叫んでみた。

いや、みんな異世界だと思ったらまず言ってみるよな？　常識だよな？　な？　常識だと言ってくれえええええ！

……結果、なんも起こらなかった。超恥ずかしい。穴があったら埋まりたい。

でも大丈夫だ。ここに人はいない。小さいイタチたちがいるだけである。

気を取り直し、石を見つけて割った。竹林に近づいて比較的細い竹を何本か切った。イノシシもどきが突進してきた木々の方へはどうしても足が向かなかった。これでもかと長い時間をかけて、竹と笹《ささ》を大量に集めて寝床をどうにか作った。もちろん葉っぱとかいろいろ試しに燻《いぶ》してはみた。寝ている間に虫が入ってきたりしないようにである。もちろん燻すことでいた虫も殺すか追い出せるという寸法《すんぽう》だ。

「なんだよこれ、超重労働じゃん……。でも段ボールもあるしビニールシートもあるしな。防寒具もあるからまぁいいか……」

イタチたちは少し離れたところで、俺がしている作業を興味深そうに眺《なが》めていた。

歯磨《はみが》きは草を噛《か》むことでし、ごみはまとめてリュックにしまった。何故か親が面白がって水のいらないシャンプーなるものを入れてくれていたので頭を洗うことはできた。タオルで拭《ふ》いて、そのタオルはペットボトルの水で洗った。干す場所はところどころに落ちている木の枝を組み合わせて作った。

それにしても、リュックのファスナーを閉めて開けると使ったものが補充されているのが嬉《うれ》しい。おかげで水をふんだんに使うことができた。

うん、たいへんだったけど今日のところはどうにかなったと思う。

暗くなってきたので念のため焼肉のタレを、寝床から少し離れたところに撒いてみた。寝てる間にイノシシもどきに殺されるとか冗談じゃないし。作った寝床にビニールシートをかけて寝た。意外と快適だった。

2章　マヨネーズでイタチ（？）に懐かれた？

翌朝、肌寒さで目が覚めた。（異世界生活2日目である）

リュックを開けてみたら昨日しまったごみが小さくなっていた。圧縮されたんだろうか。なんてご都合主義なんだと思った。

「……どゆこと？」

昨日は混乱していたせいでいろいろそのまま受け入れてしまった気がするが、今後はさすがにそんなお気楽極楽《ごくらく》でいられないだろう。

リュックの中からカロ〇ーメイトを出してもそもそと食べ始めた。考えるにはカロリーが必要だ。どうしてもボソボソするので水も飲む。うん、今朝《けさ》も水は補充されていた。幸せだ。

食べ終えてから再度現状把握をすることにした。

ライターの中身は減っていない。火は起こせる。

おそるおそる水筒を傾けてみた。

「？」

何も出てこない。でも明らかに何かが入っている重さだ。上蓋《うわぶた》を取ったら薄黄色のクリーム状の何かが詰まっていた。指で掬《すく》ってみる。

　これはもしや……。

「マヨネーズか！」

　なんてものが水筒に入っているのか。これじゃペットボトルに落とし入れることも難しそうだ。マヨネーズなんてどうしたらいいのか。

　ふと昨日洗ってからしまった弁当箱を取り出してみた。昨日と同じくおにぎりとゆで卵が入っていた。なんという幸せか。天国はここにあったのか！

　じゃなくて。

　これはもうなにがしかの意思を感じる。

　最近の異世界トリップにはサポートのようなものはないのだろうか。神様の気まぐれにしては親切すぎるし、かといってこの世界の人間が召喚《しょうかん》したというなら何故迎えが来ないのか。まだ召喚されたばかりだから迎えが辿《たど》り着いてないだけなのかもしれない。でもその間に俺がここで餓死《がし》してたらどうするつもりなんだろうなぁ。そしたらまた改めて召喚するんだろうか。

　全くもって意味がわからない。

　とりあえず今俺がしなければいけないのは、マヨネーズを別の容器に移し替えることだ。

昨日とは違いもう少し太めの竹を切った。竹は節《ふし》と節の間が空洞になっている。そこにマヨネーズを入れようかと考えたのだ。

十徳ナイフはとても役に立つがさすがに竹は切れない。サバイバルナイフも竹を切るには向いていない。落ちている枝に割った石を括《くく》りつけ、斧《おの》のようにして竹を倒した。……午前中いっぱいかかってどうにか1本倒すことができた。即席斧を何個壊したことか。ノコギリとか欲しいな。汗だくである。

でもおかげで調味料を保管するための容器は確保できた。水筒にもなるし、竹って万能《ばんのう》である。

せっかくなのでポテチを出してマヨネーズにつけながら食べていたら今日もイタチたちがやってきた。マヨネーズとか調味料って食べさせたらまずいよな？　って思ったら、白い小さなイタチにマヨ付きポテチを取られた。あっ、とは思ったがさすがにここで取り返そうとはしない。そんなことをしたら俺が食われそうである。歯がものすごく鋭《するど》かった。

俺の手からポテチを奪《うば》ったイタチは、ポテチをパリポリと食べた途端くりくりしたつぶらな瞳《ひとみ》を更に大きく見開いた。

……この反応はマヨネーズだろうか？

様子を窺《うかが》ったら、その白イタチはそーっと近づいてきてくるんと俺の膝《ひざ》に納まった。あれ？

これってもしかして媚《こび》を売られているのか？

試しにポテチを1枚イタチの前に……。

当たり前のようにパッと奪われた。パリパリとポテチを食べるイタチ。その目の前で俺は試しにポテチにマヨネーズをつけて食べてみた。イタチが食べ終えてからきょろきょろした。なんか違うと言いたげである。面白くなってポテチにマヨネーズをつけたものを渡してみた。動物愛護団体からクレームが来そうだがここは異世界だ。大目《おおめ》に見てもらおう。

……この世界にも動物愛護団体がいたらどうしよう。

イタチはマヨネーズをつけたポテチを食べ、また目を見開いた。なんか目がキラキラしているように見える。他の、茶色とか黄色い毛のイタチたちは物欲しそうにこちらを見てはいるが襲ってはこない。ということは、昨日も思ったけどこの白いイタチがリーダー的な存在なんだろうか。

ま、いっか。

「ちょっと待ってろ」

ポテチの袋を開いて平らにし、そこにマヨネーズを落とした。そしてイタチの前でポテチにマヨネーズをつけて食べた。そして平らにしたポテチの袋を地面に置いた。

イタチは俺とポテチを何度も見た。

「あげる。食べていいよ」

白いイタチがククククというような音を出した。そして俺の指を咥《くわ》えた。

「うおっ!?」

食いちぎられるかと思ってびびったが、甘噛みだったようでその後ペロペロと舐《な》められた。どうやら俺の指にポテチの塩気《しおけ》が残っていたらしい。そして白いイタチはポテチの袋のところに向かい、仲間たちを見回した。仲間たちが近づいてきて、白いイタチがしたようにポテチにマヨネーズをつけてパリパリと食べた。

みんなして目を見開いてるの、けっこうかわいいな。しっかし塩分をとらせすぎではないだろうか。せめて塩分控えめのポテチを買ってくればよかったか。でも大して変わらないか。

ポテチは瞬《また》く間になくなった。マヨネーズをサービスしすぎたらしくマヨネーズが思ったより残っていた。そのまま舐めるのかと思ったが様子がおかしい。

イタチたちは自分たちの棲み処である椿の木へ駆けていった。そしてなんと、茶色っぽい芋虫を咥えて戻ってきた。

「うぇえ……ま、まぁ、マヨネーズつけたらおいしい、かもな?」

白いイタチが芋虫にマヨネーズをつけて食べた。また目が見開かれた。おいしかったらしい。もっとポテチの袋を遠くに置けばよかったと後悔した。俺は見なかった、何も見なかったんだ。

そう思ってそっぽを向いていたら白いイタチが俺の目の前にやってきた。芋虫を咥えて。

「え？　ええええ？」

どうやら食べろと言いたいらしい。お礼のつもりなんだろうか。で、でも虫食はなぁ……。

だけどこのイタチたち、イノシシもどきを骨にしたよな。（さっき見たらイノシシもどきは食い尽くされていた）逆らったら俺がああなるのでは？

「あ、ありがとう……」

指先で摘《つ》まみ、その感触に耐えマヨネーズをたっぷりつけて食べた。

「う……うめえええええええ!?」

俺は驚愕《きょうがく》した。今食べたものがすごくおいしかったのだ。なんというかマカロニのような食感でマヨネーズとあいまって最高だった。

とはいえ、見た目からしてもう二度と食べたいとは思わない。

そういえばオーストラリアのアボリジニーだっけ？　ウィチェッティグラブとかいうガの幼虫を食べるとか聞いたような。けっこううまいらしい。でも俺は、もうけっこうです……。

「ありがとう。でももういらないから」

身振り手振りで、どうにかいらないということはわかってもらえたと思う。白いイタチは首を傾げるような仕草をした。それがすごくかわいくてつい撫《な》でてしまった。はっ、噛まれるかも⁉　と思ったが、イタチは俺の手に擦《す》り寄ってきた。

「うっわ、かわいい……」

イタチたちは小さい。多分全長30センチあるかないかだ。（尻尾も入れてである）俺はその白いイタチをしばらくそっと撫で続けた。その間にマヨネーズは他のイタチたちが食べた。病気とかにならなければいいんだけどな……。

「袋だけ片付けさせてくれ」

そう言って立ち上がり、ポテチの袋を取りに行く。ここに捨てるわけにいかないし。ポテチの袋をリュックの中のごみ入れの袋に入れて閉めたら、イタチたちに引っ張られた。

「ん？　なんだ？」

小さいイタチたちが俺のズボンの端を咥えて引っ張っている。

「わかったわかった。ついていくからちょっと待ってくれ」

服を直し、イタチたちに促されるままに原っぱの端の方へ連れていかれた。竹林の前辺りだから大丈夫だとは思ったけどちょっとびくついた。なんで竹林が大丈夫だと思ったのかそれは俺にもわからないが、なんだか大丈夫そうな気がしたのだ。

「え？　これって……」

なんか、金属の何かがいくつも草に埋もれていた。

もしかして以前ここに来た人が残していったのだろうか。昨日は全然気づかなかった。茶色いイタチたちは戻っていったが、白いイタチは俺の側に残った。これはもしかして懐《なつ》かれたんだろうか。

思わず顔が綻《ほころ》んだ。

「名前とかつけていいのかな……」

名前つけたら人型になったりしないかな。それはラノベの読みすぎか。さすがにそれはないだろと苦笑しながら、そこにあるものを物色《ぶっしょく》することにした。錆びついたものもあるから、もうそれなりに年月は経っているだろう。使えそうなものは遠慮なくもらうことにしよう。

しかしことはそう簡単ではなかった。

「うわあああ⁉」

びっくりした。心臓止まるかと思った。鎧みたいなのがあるなーと思って持ち上げたら下から人骨があああああ！

こ、ここここれってここで死んだってこと？　死因はなんなんだよー。こええよー。

し、しかもなんかこのしゃれこうべ、額《ひたい》に角？　みたいなのない？　いや、きっとこれは俺の気のせいだ。もう見ない。見ないったら見ない！

お、鍋とか鉈《なた》っぽいものもあるし、剣みたいなのも2本あるーと思ったらこれだよ。短剣の方は豪華な装飾がついていたからもしかしたら名のある家の人だったのかもしれない。これは俺が持っていていいものなんだろうか？　なんか持ってたら面倒なことになりそうな気がする。でもここに置いておくのもなぁ……。

まぁいいや、とまずは穴を掘ることにした。骨をここに野ざらしにしておくのは俺の精神衛生上よろしくない。とはいえ穴を掘る道具がない。申し訳ないと思ったが鎧の一部を使って穴を掘った。ちょうどよくカーブしてる部分があったんだよ。骨とおそらくこの人の持ち物だったのかもしれない朽《く》ちたものもできるだけ一緒に入れた。土を被《かぶ》せて手を合わせる。どなたか知りませんが安らかに眠ってくださいと冥福《めいふく》を祈った。

しかし何も目印のようなものがないのはいただけない。そこらへんに落ちていた木ぎれを埋めた場所の後ろに刺した。これをこの人の墓碑《ぼひ》代わりにしよう。

すると豪華な装飾のある短剣が光った。

「えええ？」

もしかして俺なりの埋葬の仕方で、短剣が喜んでくれたのだろうか。

本当はその剣もここに置いておいた方がいいのかもしれなかったが、無造作《むぞうさ》に置いておくのもアレだったので俺が預かることにした。

「こちらの剣は預かります。他の荷物も。この剣は渡すべき人が現れた時、その方に渡しますのでよろしくお願いします」

そう言うとまたその短剣が光った。

やっぱり異世界なんだなと思った。裏側にスイッチとかないよな。ドッキリかよ。

鎧はとても重かった。さっきスコップ代わりにできたのは火事場のバカ力的な何かだったのかもしれない。改めて持ったらめちゃくちゃ重いんだけど！　こんなに重いのを着て歩き回ることができていたとしたら、これを身に着けていた人は相当なマッチョだったのではないだろうか。俺は持つだけでもやっとだったのに、これを着て歩いたり走ったりできる人がいたなんて信じられない。

はっとした。体格は多少俺よりでかいぐらいかもしれないが、この世界の人たちは筋肉のつき方とかが違うのかもしれない。俺もそれなりに鍛《きた》えているつもりだったけど、この鎧を着られるような逞《たくま》しい人たちばかりだったら俺なんか優男《やさおとこ》にしか見えないかもしれない。

この世界の人たちが勇者召喚とかで俺を呼んでいた場合の最悪の事態を想像してみた。

「……俺、ここから出ていった方がいいんだろうか……」

ここに誰か迎えに来たりしない？

下手したら詐欺師《さぎし》扱いされて死刑とかありそうで怖い。

すると、リュックにしまおうとしていた短剣がまた光った。先ほどとは光り方が違う。

「？」

なんか危機でも伝えてくれているのだろうか。それとも一瞬だけだったから気のせいかもしれない。どちらにせよこの竹林と木々に囲まれたところから出ていくには、昨日突進してきたようなイノシシもどきをどうにかできないと無理だろう。

「竹槍《たけやり》？　いや、現実的じゃないな……」

うまく突き刺されればいいけどそのまま轢《ひ》かれるのが関の山だ。相打ちには持ち込めるかもしれないが俺が生き残るビジョンが見えないので、しばらくこの安全地帯に留《とど》まることにした。

鎧は……かなり重いけどスコップとしては使えそうだ。鍋はまんま鍋だな。鉈と鍋は錆びているので磨こうと思う。（鎧も錆びているけどそっちは後回しだ）まずサビを落とさないといけないのだが……。さすがにリュックの中に金タワシは入っていなかった。つか金タワシ持って山登りって何をするつもりだ。やっぱりキャンプか？　ダッチオーブンとか担《かつ》いでキャンプなのか？　意味ワカンネ。（フライパンが入っている時点でおかしい）

石を割ったものや竹を削《けず》ったものでサビを削った。汗だくである。

「異世界トリップってつらい……なんで俺、鍋のサビとか落としてんだ？　おかしーなー」

昨日の寝床作りとかイノシシの解体とかもハードだった。でも鍋があればこれからの煮炊《にた》きがとても楽になる。無心で鍋のサビを落とした。

「えーと、サビを落としたら油を塗《ぬ》って加熱って……油どこ！」

だから油持って山登りなんかしねえよ！　責任者出てこい！

リュックを漁ったらオイルサーディンとツナ缶、そしてサバ缶が出てきた。どうりで重いと思った。うちの親は俺に何をさせたかったのか。ちなみにサバ缶は水煮だった。どうでもいい。

「オイルサーディンのオイルか……」

鍋がとてもおいしそうな匂《にお》いになってしまうかもしれないがしょうがないだろう。そうだこれは必然なんだ！（ただ言ってみたかっただけである）

しっかし新聞紙の上に落としたこのサビはどうすればいいのか。環境破壊じゃないのかとか思ったけどこのサビはこの世界由来のものだよな。というわけでなんとなく安全地帯と木々の境に走っていって撒いてきた。さすがに墓《はか》の上に撒く気にはなれなかった。新聞紙はもったいないので回収した。鍋と鉈にオイルサーディンのオイルを塗り、火を熾《おこ》してあぶった。

すっげえうまそうな匂いだなー。おかげでまたイタチたちが集まってきてしまった。

ごめん、鍋の手入れをしているだけなんだよ。

と思ったら木々の向こうからまたドドドドドドッッ!!　と地を震《ふる》わすような音が聞こえてきた。

「うそーん……」

この油の匂いが届いたとでもいうのか。

昨日の焼肉のタレってどのへんに撒いたんだっけ。あ、なんか草がすげえ勢いで枯れてるからあの辺りかな。

木々の間から駆けてきたのは昨日より一回りは小さいイノシシもどきだった。もちろん角は生えている。

「うえええええ……」

この鍋投げつけたらどうにかならないかな……。鉈投げた方がいいのか。でも投げて外れたら詰むよな。

こちらに来て二度目の命の危機に、俺はどうしたらいいのかさっぱりわからず、震えることしかできなかった。

今度こそ死ぬかも。

しかしイノシシもどきは勢いよく駆けてきたが、何故か木々と安全地帯の境で足を滑《すべ》らせたのかそのままズダーンッ！　と大きな音を立てて倒れた。さすがにこちらにまで衝撃は来なかったが、近くにいたら揺れたかもしれない。

ブオオオオオオオオッッ⁉

怒り狂っている。

「え？　なんでこけたんだ？」

しかしすぐに起き上がるとまた走ろうとして、こけた。いったい何が起きているのだろうと呆然とした。その間に小さいイタチたちが素早くイノシシもどきに近づいていった。

「お、おーい！　危ないぞ！」

声をかけたが、なんとイタチたちは暴れるイノシシもどきの身体に上るとその剛毛に齧《かじ》りつき始めた。

「ええええ」

ピギイイイイイイッ!!

そして白いイタチがその喉笛《のどぶえ》に齧りつき、離れた。イノシシはしばらくどったんばったんと暴れていたが、そのうちに事切れた。

「……うっそん」

ここが安全地帯なのって、もしかしてイタチたちの縄張《なわば》りだったから、とか？

背中を冷汗がだらだらと流れていくのを感じた。白いイタチがトトトッと駆けてきて俺の膝に前足をかけた。そして口をパカッと開けた。

倒したよ？　褒《ほ》めて、と言いたそうな顔に見えた。

……口の周りが赤いです。それって血の色ですよね。とても怖いです。

正直ここで悲鳴を上げなかった自分をすっごく褒めたい。

「す、すごいね！　あ、あんなでかいの、倒すなんて！」

近くに干していたタオルを取って、そっとイタチの口元を拭いてみた。

「血で、汚れてたよ……あ、そ、そうだ！　こ、これ食べる？」

俺は手元にあった缶詰を手に取った。

サバの水煮缶だった。

きっとこれなら食べさせても動物愛護団体からクレームは来ないはず！　根拠は全くないから良い子のみんなは真似《まね》しないようにね！　って誰に言ってるんだよ俺ー。

震える手で箸《はし》を使い、段ボールをちぎった上にサバを出した。そして6つぐらいに箸で切る。

「食べてみる？　いいよ……」

白いイタチはきょとんとした顔をしたが、ふんふんとサバの匂いを嗅《か》ぎ、ぱくり、と食いついた。わあ、さっきも見て思ったけどとても歯が鋭いですね。いろいろ簡単に噛み切れそうだなーうふふふふー。

そのまま様子を窺っていると、サバをもう1切れぱくりと食べた。残りは4切れだ。

イタチは俺を見るとクククククと鳴いた。

「ん？　食べていいよ。イノシシを倒してくれてありがとうな」

白イタチは嬉しそうに、サバを全て食べた。そういえばサバってアレルギーとか出やすいんだっけ？　よくわからないけど。なんにもなければいいなと思った。（注：正確にはヒスタミン中毒が起こる可能性があるようです。どちらにせよ味が濃いので動物にはあげないでください）

イタチはサバを食べ終えると俺に擦り寄ってきた。気に入ったのかもしれない。

「もうないんだ。ごめん」

そう言って口元を先ほどのタオルで拭いてやった。もちろん血がついてないところでだ。

他のイタチたちはイノシシもどきの側でうろうろしている。

俺はため息をついた。

倒してくれたのは嬉しいが、まずは解体しないとな。

また1日が潰《つぶ》れる予感に、しょうがないかと苦笑した。

と、まぁこんなかんじでイタチたちと俺の暮らしが始まったわけだ。

解体作業は時間と俺の胃の勝負だ。鍋が手に入ったので毛を毟るために熱湯を作り、毟ったあとは腹を裂いて……うああああ生々しい……。

どうにか肉を取って焼いて食べた。その前に何度もリバースしたけど。でも食わないと生きていけないし。今日の焼肉にはマヨネーズをつけたよ！　やっぱり焼肉のタレがいいかな！

って思った。イタチたちがじーっとマヨネーズを見ていたから少し提供した。噛み切った肉をつけて器用に食べていた。

白いイタチは俺に完全に懐いたのか、俺から全然離れなかった。

夜になる前に寝床を燻し、さぁ寝るぞーって段になったら俺の上着の内ポケットの中にもぞもぞと潜《もぐ》り込んできて一緒に寝た。なんだよこれ、超かわいいじゃん。

「おやすみ……」

胸のぬくもりを潰さないようにしながら眠った。それほど快適とは言えない暮らしだけど、イタチが寄り添ってくれるなら悪くないと思う。俺って単純かも。

それからも基本、俺の生活はさほど変わらなかった。


その翌日の調味料は醤油だった。

醤油って一気飲みしたらたいへんなことになるんだっけ？　と思って原っぱと木々の境辺りに少し撒いてみた。

また獣《けもの》が攻めてきたが、醤油に触れたのか泡を吹いて死んでしまった。醤油こわっ！

でも跳《と》んでくる可能性とかも考慮して、もっと撒いた方がいいかもしれないとは思った。

鉈とか手に入って本当によかったと思う。あとは石を割った包丁《ほうちょう》っぽいのを主に使っている。

もちろんサバイバルナイフも。俺が食べる分以外は全部イタチたちに提供している。少なくとも30匹はいるせいか、イノシシもどきが朝には骨になっているのが恐ろしい。つーかあの小さい身体のどこに入るんだろう。

調味料は日替わりでいろいろ出てきた。おかげで俺はまた竹を切るはめになった。いろんな調味料が手に入って嬉しい限りだ。

タルタルソースが出てきた時は驚いた。白いイタチが目の色を変えてタルタルソースをつけたポテチを食べていた。あの時はある意味危険だった。だって他のイタチと喧嘩《けんか》になりそうだったし。ま、喧嘩が始まる前に獣が攻めてきたんだけどな。あの時は感謝したものだ。でもこんなに頻繁《ひんぱん》にここも攻められるってことは、この安全地帯の外はどれだけ過酷な世界なのだろうか。つかそもそもここは安全地帯で合っているのか？　結局出てみないとわからないよなとため息をついた。

◆◇◆◇◆

ここに来てから竹をかなり切った。

鉈がかなり役に立った。あとは石を割り、何度も竹を切って試した。おかげで鋭利《えいり》な石がだいぶできた。

この原っぱに来て5日ほど経ってから、白い小さなイタチに誘われて椿の木の下に転居した。寝床は必要最低限の広さで作ったから持ち運び可能だったことが幸いした。自分たちの縄張りにおいでと誘われたなら断るのはよくない。つか断ったら俺が餌《えさ》になりそうだ。そんなのは御《ご》免蒙《めんこうむ》る。

しかし芋虫が落ちてきたら困るので屋根が必要である。そんなわけでまた竹を何本も切ることになった。半分に割っていく作業もたいへんだった。手足で押さえつつ、竹の3分の1ぐらいまで切り込みを入れる。これがかなり重労働だ。あとは切り込みを入れた片方を足で押さえ、もう片方を両手で無理矢理押し上げて竹を割った。もう1人いると竹を割る作業も楽なんだけど。両側から引っ張って割るってこともできるし。でもここには小さいイタチしかいないしな。よしんば手伝ってもらえたとしても、イタチが宙を舞いそうだなと思った。

竹を割る際全部切らなくていいのは助かるが、すぐに手は痛くなり、まめができた。この世界の病原菌などはどんなものがあるのかわからないので怖くなった。

こちらへ来て10日目、やっと屋根ができた。他にやることもなかったしな。もちろん寝床と居住スペースをカバーする程度の屋根だ。それも椿の木の太い枝に、リュックに入っていたロープと草で編んだ紐《ひも》で括った。（ようは木と木の間に吊《つ》り下げた形である。それを水平に固定するのがたいへんだった。イタチたちが上に乗ることを考慮して、できるだけ頑丈に作ったつもりだ）

これで芋虫が落ちてきても大丈夫だぞと思ったその日の夜、雨が降ってきた。俺は屋根の下の寝床の上に念のためビニールシートをかけて、白いイタチと一緒に寝た。

翌朝、何故か身体が動かなかった。どゆこと？　これが巷《ちまた》で噂の金縛《かなしば》りというやつか⁉　と思ったがなんか違う気がする。俺のすぐ隣に寝ていた白いイタチがキイイイイッ！　とすごい声を発したからだった。威嚇《いかく》かっ⁉　と思った時ババババッと音がしたかと思うと身体が軽くなり、動くようになった。

「え？　なんだ？」

ビニールシートを跳《は》ねのける。すぐ側にイタチたちがいた。どうやら俺たちの身体の上に被せたビニールシートの上で雨宿りをしていたようだった。

「あー、そっか。そうだよなぁ……」

屋根の下にもう1枚屋根をつけた方がいいかもしれないと思った。一応屋根は高めの位置につけてあるから、そこから2、30センチ下げたところに屋根をまたつけても大丈夫そうである。

そんなわけで俺はまた竹を切ることになった。もちろん雨が止《や》んでからだけどな。

とにかく竹を毎日切っていたら、ある日タケノコらしき土の膨《ふく》らみを発見したので掘ってみた。

「タケノコだあああああーーーー!!」

確か採れたては生でも食べられるはず！

超興奮してしまった。だって俺の食料の中には野菜らしきものが全くなかったのだ。（遠い目）　野菜がなくても生きていけることは知っていたけど、ビタミンCは不足するから木々のある辺りからたまにこっそり松葉を採ってきていた。松葉を咥えてしゃぶっていれば一応ビタミンCは摂《と》れるのだ。

それはともかくその日の調味料は醤油だった。タケノコの皮を剥《む》いて洗い、さくさく切って醤油につけて食べた。ビバ！　採れたてタケノコ！　すぐ横に竹林でもなかったらこんなことはできないねっ！　少しばかりえぐみはあるがそれもまたスパイス！（違）　調子に乗って2本採ってしまったので食べ切れなかった分はゆでた。イタチたちも興味津々《しんしん》だったのでゆでたのを少しあげてみたらもりもり食べた。いいのかなーと思いつつ、毎日コイツらポテチ食べてるから平気だろうと、もう難しいことは考えないことにした。醤油とか焼肉のタレとかには絶対近づかないしな。やっぱ自分たちにとって危険なものはわかるらしい。

本当に頭いいよなと思った。

屋根を2層にしたらその10日後に降った雨の時役に立った。屋根と屋根の間でイタチたちは快適に過ごせたようである。よかったよかった。苦労して作った甲斐《かい》があったぞー……。

さて、この安全地帯に攻めてくる生き物だが、みんな角がある。イノシシもどきもそうだし、シカもどきもそうだし、小さなクマもどきも……。あれって魔獣かなんかなのかな。よくわかんないから全部ひっくるめて魔獣と呼ぶことにする。

醤油や焼肉のタレが出た日は一部を木々とこちらの原っぱの境に撒くことにした。そうすると攻めてきても泡を吹いて死んでしまうのだ。一度ナンプラーっぽい調味料が出た時はイタチたちも気になったらしく一口舐めた。途端にぴゃーっと逃げていった。匂いは気になったけど味が濃すぎたんだろう。やっぱ塩分多いのは動物にはよくないよな。

それにしても木々が生えているところからはそういう危険な魔獣が駆けてくるが、竹林の方からは何も来たことがない。もしかしたら竹を避けているのかなと少し思っている。

そんなわけで1月を過ぎた辺りから細い竹を切って竹槍のようなものを作り始めた。これを抱えていけばもしかしたらこの安全地帯から出られるかもしれないと思ったのだ。

しかし1月半が経っても、俺はいろいろ作業をしつつここから出られないでいた。

全然迎えが来る気配もない。

この世界の人間が俺を召喚したはいいが、どこに召喚されたのかわからないのだろうか。それならそれでいいけど。被召喚者だとかいうマークがついているわけでもないだろうし、もう知られない方がいい気がしてきた。

だって、思ってたのと違うとか言われて殺されたらやじゃん！　そうじゃなかったとしても勇者だから魔物をいっぱい倒してね、ヒノキの棒《ぼう》だけで、とか言われても困るじゃん！　大体こういうのの セオリーって、言われるがままに魔王とか倒しても帰れないだろ？　だからもう諦《あきら》めて自分で生きていくんだ。

ただ、イタチたちとの生活はそれなりに平和だが、さすがにそろそろ腰を上げないといけないだろうとは思った。

出ていくとしたら当然竹林の方からだ。竹林がどこまで続いているのか探ってみたいと思っていたから。決行は水筒に醤油か焼肉のタレが入っている日にしようと思った。

ここには戻ってくるつもりなので、食べ物とか重いものに関してはこの寝床に置いていく。つっても、リュックの重さはあんまり変わらなかった。いったいどうなってるんだろうな？

「ちょっと出かけてくるよ。今日中に戻るから」

と白いイタチに告げた。白いイタチは軽く首を傾げるような仕草をした。そして俺に跳びつくと、上着のでかい内ポケットにするりと潜り込んだ。どうやら連れていけということらしい。

「一緒に行くか？　でも暗くなる前には帰ってくるぞ？」

イタチはクククと声を出した。とても心強い相棒だなと思った。にまっとしてしまう。

内ポケットから覗《のぞ》く頭を軽く撫でた。はー、手触りサイコー。

竹槍をリュックに括りつけられるだけ括りつけて1本は手に持つ。竹槍の先には念のため醤油をつけてみた。これで突き刺したらどうにかならないかなと思って。

他のイタチたちは見送りをしてくれた。あとで無事戻ってきたらポテチをあげよう。小さいイタチたちが並んでいる姿に癒《いや》された。(しかし奴らはイノシシもどきを一晩で骨に変える)

そしてこの世界に来てから2カ月近くが経ったその日、俺は久々にリュックをしょって竹林に足を踏み入れたのだった。

◆◇◆◇◆

……うん、まぁ即逃げ帰ってきたよね。当然だよね。

多少鍛えただけの男子高校生が、あんな、姿見ただけで突進してくる魔獣たちに太刀《たちう》打ちできるわけないじゃん。一応突進してきた小さいクマもどきはうまいこと竹槍が刺さって死んだけど、竹林を抜けてたった10歩でこれじゃあなぁ。

ガアアアッッ!!

とかいう声にトレインされてきたのか、その後すぐにイノシシもどきが現れるし。さすがに竹林の中に逃げ込んだよ。そのままクマを奪われてしまうかなと思ったけど、イノシシもどきはふんふんとクマもどきを嗅いでからプギイイイッ！　と鳴いて戻っていった。もしかしたら醤油で死んだのがわかったのかな。もしかしてここの魔獣は、醤油とか焼肉のタレに触れたものも食べられなくなってしまうのか？　でもうちのイタチは平気で食べてるけど……。（いつの間にかうちの扱い）

もうこうなってくると俺の全身を醤油まみれにしないと歩き回ることもできないのではと思えてきた。

でもそれだと突進は防げないよな。相打ち以外の未来が見えない。

ただ、竹林は思ったより広かったから散歩にはちょうどよかった。（大体竹林はまっすぐに片道1時間ぐらい続いていた。片道約4キロが竹林とかすごくね？　まだスマホの電源が入るのでだましだまし使っている。でもそろそろバッテリーが心許《こころもと》ない）　竹が密集しているから歩きづらいといえば歩きづらかったけど。よく竹槍が引っかかったから今度から竹槍をくっつける場所とか、歩き方とか考える必要はあるな。それにしても、ビバ！　竹。君のおかげで救われているよっ！

しっかしいくら剣があっても重くてとても振り回せないしどうしたものかな。剣はいわゆる剣だ。両刃《りょうば》で、斬《き》る、というより力任せに叩《たた》き斬る系の剣である。力ないと無理。ぶんぶん振り回せるぐらい膂力《りょりょく》がないととても使えない。ここに住んでる間にそれなりに筋肉はついたみたいで、最初の時と比べて5分ぐらい持っていることはできるようになったけど。

なんかいい方法がないものだろうか。

そういえば竹で水鉄砲《みずでっぽう》を作るとかやったな。小学生の時に。

十徳ナイフの中にやすりもついてるし、とりあえず作るだけ作ってみよう。中に醤油を入れてぴゅーっと出してみたりいろいろ試行錯誤《しこうさくご》しないとな。命を守るのとここから出るためだ。とりあえず行動範囲を広げないと……。

竹の水鉄砲ができたらまずはうちの安全地帯から少し外に向かっていって実験だな。

ちなみに、もったいないから小さいクマは引きずって竹林に運んだ。これを持って安全地帯に戻る？　それよりここで解体した方がよくないか？　どーせ全部食べるわけじゃないし。でも解体するには毛を毟ったりする作業もあるんだよな。荷物を全部リュックに入れて持ってくるか？

「うーん……」

よくわからなくなってきた。そこまでしてこのクマを食べたいのか、俺？

贅沢者《ぜいたくもの》！　と罵《ののし》られそうだけど食い物がないわけじゃないんだよ。もちろんリュックの中身がいつまでもリポップするなんて保証はないんだが、明日ぐらいまでのごはんはあるよなーとか。缶詰全部出せばOKだよなとか思ってしまうわけで。でもこの小さいクマおいしいんだよなーと思ったら、やっぱり安全地帯まで戻って荷物を取ってくることにした。

ここで飯《めし》を食べて戻れば問題なし！

一番苦労したのは白イタチに説明することだった。

しきりに肉を置いていくのかと振り返る白イタチ。くりくりお目目がかわいいね！

荷物持って戻るから！　と何度も言ってどうにか一緒に安全地帯へ戻り、荷物を全部入れてクマのところへ戻った。荷物を全部入れてもあまり重さが変わらなかったのがなんかおかしい。鍋まで入ったんだぞ？　どうなってんだいったい。

イタチたちが後ろからぞろぞろとついてきた。ハーメルンの笛吹男？　とかちょっと思ってしまった。大丈夫、殺されるとしたら俺だけだから。って全然大丈夫じゃねえ！

そんなわけで竹林の中で解体して焼いて食べた。竹林にズガン！　ズガン！　ってかんじで何かが突進してくる音がしたけど俺たちがいるところまでは来なかった。やっぱり竹林にはなんか結界みたいなものがあんのかな。でももう椿の木の下が家だから竹林に転居する気にはなれなかった。イタチたち、かわいいしな。……口の周りが血だらけだけど……。

とりあえず俺を見てにぱっとする白イタチの口はふきふきしてあげた。

このイタチたちが猛獣だってこと、決して忘れないようにしないと。

そんなこんなでどうにか安全地帯に戻ってきたら、今度は木々と安全地帯の原っぱの間でまたイノシシもどきが泡を吹いて死んでいた。

「だから……なんでだよ」

また解体か？　解体なのか？　解体しても肉保管するところないじゃん！　新聞紙にくるんでリュックの中とか入れても悪くなりそうじゃん。もうどうすればいいんだよ。

遠い目がしたくなった。

今日はもう疲れたから無視だ無視。水筒から醤油を竹筒《たけづつ》に詰め、水筒を洗った水を鍋に入れて沸騰《ふっとう》させて他の調味料を足しつつ飲んだ。

「鶏《とり》ガラスープの素《もと》サイコー！」

そう、一度だけ鶏ガラスープの素が水筒いっぱいに入っていたのだ。粉《こな》だなと思って舐めたら塩気の効いた鶏ガラスープの味がした。だし、じゃない。それさえ入れれば味がつくタイプである。うちの親がわざわざ中国雑貨店から買っているという1キログラム缶の鶏ガラスープの素の味がしたのだ。味塩胡椒《あじしおこしょう》の時もテンション上がったけどな。とにかく調味料さえあれば快適に生きていけそうだ。もちろん塩の時もあった。全部竹筒に納めてある。このまま人里に出たら調味料だけで大儲《おおもう》けできるんじゃね？　と思うほどだ。

それにしても、それらを全部リュックに詰めているんだがリュックがいっぱいになる気配もない。だからなんなんだこのリュックは。考えたら疲れるだけなのですぐに思考を放棄し、頭を洗ったり身体を拭いたりしてから寝ることにした。

イタチたちは倒れているイノシシもどきを気にしていた。

白イタチがちょんちょんと俺を前足でつつく。白イタチも当然気にしていた。

「今日はもういらないから、お前たちで食べれば？」

そう言って寝た。だってもうとにかく疲れたし。文字通りぶっ倒れた。

けれどしばらくもしないうちになんかすごい生臭《なまぐさ》さで目覚めた。いつの間にか俺のすぐ隣に白イタチがいる。

悲鳴を上げなかった俺、えらい。白イタチの口の周りは血まみれだった。

あのイノシシもどき、結局食べたのか。

「……口、拭くからなー……」

タオルで拭いてはみたがすでにこびりついている。水でタオルを濡《ぬ》らして丁寧に拭いた。白イタチは嬉しそうに俺に擦り寄ってきた。うん、かわいいよ。かわいいんだけど生臭い。

まだ暗かったからまた寝た。生臭いけど、寝不足は敵だ。

それからまた約1月の間、竹の水鉄砲つか醤油鉄砲作りに勤《いそ》しんだ。穴が小さければ詰まるだろうし、大きければ勢いが出ない。とにかく素早く使えるようにしないといけないし、もう頭から湯気《ゆげ》が出るぐらい考えた。スポンジはないから布をぐるぐる巻いて代用するしかないし。あー、もう。タオルを切り裂いて使ったけど、そしたらリュックの中にタオルが増えていたから助かった。

筋トレも再開することにした。草を刈り、平らそうな土地の上にビニールシートを敷いて腕立て伏せをしていたら、背中に白イタチが乗った。それを見た他のイタチたちもみんなして俺の背中に乗った。……運動しづらいです。でもかわいさと心地いい重さでがんばった。今はとにかく筋肉！　体力！　筋肉！　である。

腹筋をやってると腹の上に白イタチが乗ろうとするからその都度《つど》そっとどかし、腹筋、乗られる、そっとどかしを延々やっていた。何をやっているんだ俺は。なんか猫飼ってる人んちってこんなかんじなのかなと勝手に想像したりした。かわいすぎて怒る気にもなれない。どかすとキュウ？　と鳴いて首を傾げる姿がツボだった。ああもう腹筋鍛えられねえええ。

イノシシもどきとかシカもどき、小さいクマもどきが攻めてくる頻度が減ったように思う。前は1日に2回とか攻めてきた日もあったが、最近は1日1頭で安定している。そして何も攻めてこない日もある。それってもしかしてこの近くの魔獣の数が減ってきた証拠なのではないだろうか。それか魔獣がいなくなる周期みたいなものもあるのかな。

まずここの全体が把握できない。俺の生活範囲といえばこの安全地帯と竹林一帯ぐらいである。方位磁針《じしん》は持っているが方角がわかるだけだ。全然この森から出られる気がしない。

「どーすっかなー……」

もうここに来て約3カ月になる。いいかげん行動範囲を広げたい。人と話したい。

背中に乗っかっているイタチたちの足の爪が痛いです。よく病気にならないもんだと思う。小さい頃に予防接種とかいっぱい打たれたからかな。注射大嫌いで予防接種のたびに泣きわめいていた記憶があるけど。さすがにこの年になってからは泣き叫んだりはしないけど、インフルエンザの予防接種とか目をぎゅっとつぶって耐えてる。針《はり》を刺す以外に方法ってないものなんだろうか。それ以外の方法を開発してよセニョリータ（誰）

腕立て伏せを終え、

「終わったからどいてくれ～」

と言うとイタチたちがわらわらと背中から下りていった。うん、優秀だなイタチ。

とりあえず水鉄砲の実験もあらかた終えた。というわけで明日から木々の向こうへ行ってみようと思う。

「それにしてもここってどんだけ広いんだろうな……。1時間ぐらい歩いてすぐ人里が見えるようなところならいいけど……」

でもここから歩いて1時間ぐらいで人里があったとしたら、魔獣の脅威《きょうい》に晒《さら》されてる場所ということになってしまう。そしたらここにいる方がまだましなのではないか。それともこの森（？）の中にいる魔獣は森からは出ないのだろうか。

考えるだけ無駄《むだ》だなと苦笑したところで、
ドドドドドドドドドッッ!!　と何かが勢いよく駆けてくる音が聞こえ始めた。

そういえば昨日何も攻めてこなかったもんな。

木々とこの原っぱの間には焼肉のタレと醤油をしっかり撒いてある。撒いたところは草も枯れるのでわかりやすい。

プギイイイイイイイイイッッ!!

今日もイノシシもどきだった。勢いよく駆けてきたのが焼肉のタレだか醤油だかに触れた途端ズガーンッ！　と倒れて断末魔《だんまつま》の叫びを上げ、やがて泡を吹いて死んでしまうとか怖すぎる。焼肉のタレと醤油っていったいなんなんだろう。魔獣に即効性のある毒かなんかか。イノシシもどきは派手《はで》にスライディングしてきた。5メートル以上は軽く滑ったと思う。うん、目の前にいたら間違いなく轢かれてるな。やっぱり瞬発力も必要だし動体視力も鍛えないと。動体視力は最近イタチたちの動きを見てかなり鍛えられたとは思うけど、自分の動きに関してはなー。

イタチたちに頼んで追いかけっこでもするか。……どうやって頼むんだ。

あ。ポテチでも持って走って逃げてみるか。

……学ばない男ですみません。意外と瞬発力も鍛えられていたみたいです。

おかげで超いらついたイタチたちに指を食いちぎられかけました。ごめんなさい。許してください。もうしません。どうにか白イタチ様が取り成してくださったみたいです。

そんなわけで今夜の肉にはお詫《わ》びとしてマヨネーズを提供させていただきました。イタチたち、かなり上機嫌に肉を食いちぎってました。よかったよかった。

しっかし見た目かわいいからグレム○ンかよと言いたくなる。

そんなアクシデントもいろいろある楽しい暮らしではあるが、明日にはまたちょっと冒険に出てみたい。

もう自分のステータスとか見るのは諦めたから危険生物のサーチとか、マップ機能みたいなものが欲しい。それもステータス画面が出せないと無理ゲーかな。試しにぼそっと呟いてみた。

「マップオープン……」

こんなんで目の前に地図が現れるとかないよなー……。

「うっそん」

俺の視界の右上に、四角い画面みたいなものが。

絶句した。

真ん中に見える星のようなものが俺か。その周りに小さく黄色い点のようなものが動き回っている。手をそっとその四角に向かって伸ばし、親指と人差し指を閉じるような動きをしてみた。楕円形《だえんけい》の場所の周りに白い地帯と赤っぽい配色の地帯がある。白い地帯は竹林か。俺がいるところはグレーっぽい色だ。赤っぽい色をしている地帯はここからだと細くなっている。そちらが木々のある場所だろう。

もしかしたらこの赤色地帯を進めばマップが広がるのではないかと思った。

そう、俺は地図を手に入れたようだった。

やっぱりわけわからん。

「ふ、ふふ、ふふふふ……」

もう笑うしかない。

マップは俺の視界の右上に出ている。時間としては1時間ぐらいで自然と消えたが、またマップオープンと唱《とな》えたら出てきた。もっと早く試せばよかった、マップオープン。

ま、アレだよな。初日に「ステータスオープン！」とかへんなポーズ付きで言って何も起こらなくて撃沈《げきちん》したからだよな。つか、ステータスが見られないのに誰が他のウインドウなら開くと思うんだよっ！　いくら厨二病だってそこまでこじらせてねえよっ！

もしかしたら他にもできることがあるのかもしれない。ゲームでできる操作って他になんかあったっけ。

ってことは、ここはゲームの世界なのか？　それとも神々の箱庭的な場所とか？　もうわけがわかんねえ。

また明日いろいろ試してみよう。もう今日は疲れた。店じまいだ店じまい。つーわけで白イタチと一緒に寝た。毛がちょっとだけくすぐったかった。

3章　俺の冒険が今、始まる！

翌朝からはマップを使ってこの安全地帯と竹林を調べることにした。竹林の中には何もいないが、この安全地帯には俺っぽい星を中心として周りに小さな黄色い点が動いているのがわかる。きっとこの黄色い点がイタチたちなのだろう。俺のすぐ横にある青い点が白イタチかな。

ん？　なんか赤っぽくなっている場所の端っこから……？

赤い点が見えたと思ったらドドドドドドドドドドッッ!!　とすごい音が響いてきた。

あー、この赤い点は魔獣なわけかー。そうかー。

遠い目をしそうになったが現実逃避は禁物《きんもつ》だ。

本日朝から攻めてきたのはシカもどきだった。角が激しく立派です。そういえばコイツらの骨とかも全部木々の向こうに放り投げてるんだけど、これって使い道とかないもんかな？

シカはでかいから解体がたいへんで困る。しかもなんか熟成？　みたいなのをさせないとあまりおいしくないし。つーわけで新聞紙でくるんでリュックにしまって1日置いておくんだが、いつも悪くならないか冷や冷やしている。冷蔵庫や冷凍庫がある元の世界では肉の常温保存は絶対にしないように！　おなか壊すだけじゃ済まないから！（だから俺は誰に言ってるんだ）

俺が食べる分の肉を取ったあとはイタチたちがもりもり食べる。こうして翌朝には骨だけになっているという寸法だ。

ちょっと骨に触れてみる。なかなかに頑丈そうだった。十徳ナイフで切ろうとしたが切れそうもない。サバイバルナイフでは一応切れそうだった。この骨……矢じりかなんかに使えないかな？　とかいろいろ考えてはみた。

その翌日、俺はようやく木々の向こうへ出かけることにした。一応水鉄砲ならぬ醤油鉄砲は手元に４本持っている。これで４頭までは倒すことができるだろう。……うまく当たればだけど。

今回はマップの範囲を広げることが目的だ。とにかくマップが表示されないとどこに何があるのかわからない。だからこの赤っぽい地帯をまっすぐ行った先までマップが見えるようにしたい。もちろんそれが表示できるようになったら今度は竹林の先だ。とにかく行動範囲を広げたいと思った。

いいかげん誰かと話したいよおおおお！　盗賊とか人殺しとかはやだけどおおおお！

白イタチは当たり前のように俺の上着の深さがある内ポケットにするりと入った。小さいからできることだな。それに柔らかいから入れるみたいだ。顔だけ出して俺の顔を眺めるのがとてもかわいい。うん、小さいイタチ、いいな。頭をそっとなでなでするとククククと鳴いてくれた。すっげえかわいい。

さて、そんなことをやっているヒマはない。木々の向こうへ足を踏み出せばそこは一気にサバイバル空間だ！

この上着、いろんなところにポケットがあるから水鉄砲がいっぱい入っていいよな。一歩間違えたら醤油まみれになっちゃうけど。

「ミコ、行くぞ」

そして、ここにきて俺は白イタチに名をつけた。白イタチ——ミコは再びククククとかわいく鳴いた。

そう、かわいいのだ！　半端《はんぱ》なくかわいいんだミコは！

……俺の語彙力《ごいりょく》がないのがバレただけだった。

さて、気を取り直して探検である。今日は赤っぽいマップ上で魔獣を倒しても持っては帰らない。今日は安全地帯に戻ったらマップの確認をする予定だ。

いざ、行かん！

どきどきしながら原っぱから木々が生い茂っている場所へ足を踏み出した。そのまま目の端でマップを確認しながら細長い通路っぽくなっている森の中を歩いていく。どうしても足元の枝などは踏んでしまいパキッとか音を立ててしまう。でも大丈夫、俺のいるマップ上に赤い点はまだない。そのまま200メートルほど歩いただろうか……今までなかったマップの向こうが表示された。そこからは片側の竹林は途切れていて普通に森になっている。マップを動かして確認したいが、そんな悠長《ゆうちょう》なことをしていたら魔獣に突進されそうなのでとりあえず竹林に沿って右の方向へ歩いていくことにした。

竹林の中に入ると外のマップが消えてしまうので、竹林からは2メートルぐらい離れて歩いていくことに決めた。魔獣の姿を確認したら水鉄砲を撃《う》つか、竹林の中へぎりぎり逃げ込めるぐらいの位置である。そうやってどんどんマップを表示させていくことにした。竹林に沿って歩くこと約2時間。ここで俺はおかしなことに気づいた。

「あれ？　竹林って安全地帯からまっすぐ進んで1時間ぐらいのところで切れたよな？　ってことは、あそこはあそこで途切れているけど、こっち側に来ていればまだ竹林の中を進めたってことか？」

どうも俺が思っているより竹林は広範囲に広がっているらしい。

「ってことは、竹林の位置がわかっていれば安全な場所を進める範囲も広がるってことか……」

ちなみにこの竹林に沿って歩いている間に魔獣の襲撃は二度受けた。一度目は水鉄砲ならぬ醤油鉄砲が当たり、スライディングして即死、次はスライディングしてきた魔獣に潰されてはかなわないので竹林にまんまダッシュした。ヘタレと言うなかれ。俺は戦士ではない。まだ死にたくはないのだ。

そんなかんじで歩くこと約3時間。(もちろん1時間ごとに5分ぐらい休憩はした)

……うん、相当広い範囲で竹林が続いているということはよくわかった。今日のところはこれで戻るとしよう。

明日は野営も含めて準備をするようだな。たまに魔獣の襲撃がある以外はそれほど景色も変わらないので飽きてきたともいう。気を抜いてはだめだ。

竹林の中に入る。ほっとした。

と、その途端マップ上の竹林の中に黄色い点が現れた。

「!?」

黄色い点ということは敵、ではないのか?

白いマップ上に2つ黄色い点がある。点と点は離れているように見えた。

俺を表す星の横には相変わらず青色の小さな点がある。これは、ミコだな。

何がいるのかわからないので、俺はそのまま周囲を見回した。森の中も静かだったと思うけど、竹林の中は更に静かだった。

2つあるうちの、1つの黄色い点は徐々にこちらへ近づいてきていた。

これはマップだけ確認してもしょうがない。俺は再び黄色い点が近づいてくる方向へ目を凝《こ》らした。俺の上着の内ポケットの中で休んでいたミコも顔を出して周囲を窺っている。

もしかして上か？　そう思って竹林の上方を見上げた時、近くの竹の上の方にでかいヘビっぽいものが絡《から》みついているのが見えた。

あれが黄色い点の正体なんだろうか。青は完全に味方。じゃあ黄色は？

そう思った時、ヘビは俺がヘビを見つけたことに気づいたのか、するするとすごいスピードで下りてきた。それこそ落ちてきてるんじゃないかってぐらいの速さで。

しかもそのヘビ、竹の上方でもしっかり見えたぐらいなのでものすごい大きさだった。

「うわあああああ!?」

ヘビを見ながら急いで逃げる。背を向けるのはだめだ。それではとても回避できない。

『……人か』

「えっ……!?」

今の声は……なんだ？　このヘビからか？　まさかうちのミコじゃないよな？

俺はヘビから目を離さないようにしながら、他に点がないかどうかマップを見た。

他に黄色い点がそれなりに離れたところにあるぐらいだ。

『そなた、我の声が聞こえるか？』

「えっ!?　誰だっ!?」

何？　もしかして隠密《おんみつ》スキルとかある人がいるわけ？　それじゃこのマップもあてにならないじゃないか。

『我じゃ……そなたの目の前にいる……蛇《へび》、というのかの？』

「ええええええ!?」

でかいヘビがしゃべったあああああああ!!　さっすが異世界トリップ。やっぱりここは異世界だったああああ！

いや、わかってたよ？　イノシシもどきとかシカもどきの鼻のところに立派で鋭利な角が生えてる時点で異世界だって。でもなんつーか、世界には俺の知らないこともいっぱいあるはずだから、もしかしたら角を持つ生き物がいる島、とかありそうじゃん？　サイにだって角はあるしな。あ、そういえばあのサイの角って骨じゃなくて繊維質《せんいしつ》らしいぜ？　って今はそんなことどうでもいいか。

「ええと、本当に……？」

これでドッキリでしたー！　とか言って後ろから人が出てきてもしょうがない気はする。

『信じられぬのも無理はない。我も、我の言葉を解する人間がまた現れるとは思わなんだ』

「ええと……また、って……？」

ヘビの言葉に気になるところがあったので聞いてみた。

『そなたはどこから来た？』

こっちの質問には答えてくれないようだ。

「日本という国です」

『歳はいくつか』

「17歳です」

なんか面接っぽくなってきたな。

『そなたの性別は……男でいいのか』

「男です」

確かにヘビには性別とかって見てもわからないかもしれないな。俺だってヘビを見てオスかメスかなんて判断つかないし。

『ふうむ』

ヘビは頭を振った。

『女であれば案内しようかと思うたが、男ではのう……しばし待っておれ』

「……はい」

俺の返事を聞くか聞かないかのうちに、ヘビはしゅるしゅると竹に登り、そのまま竹から竹に飛び移っていった。マップを確認すると、黄色い点がすごいスピードで移動しているのがわかった。これがきっと先ほどのヘビなのだろう。まぁマップでどこらへんにいるかは確認できるから俺は少し休むことにした。

「ミコ、ちょっと休憩な」

そう言って水を飲ませた。皿に水を出してあげると嬉しそうに飲んでくれる。さすがにペットボトルから直接飲ませるとかはない。お互いのためだしな。

マップをちら、と確認すると、黄色い点が2つ同じ場所にいた。ヘビは誰かと無事合流したらしい。

よく考えなくてももう昼も過ぎた。

リュックから弁当を出して食べることにした。ミコのごはんは……サバの水煮缶を出す。サバが浸《つ》かっていた水は俺が飲むことにして、少しサバを洗ってミコにあげた。ミコはとてもおいしそうにサバを食べた。ミコが喜んでくれるなら何よりだ。

おにぎりとゆで卵で昼食を終える。（ゆで卵はこっそり食べた）もっと弁当箱に詰めてくればよかったと思うが、それは後の祭りだ。

とりあえず安全地帯の近くで採っておいた松葉を咥える。ビタミンC万歳《ばんざい》だ。

そういえば、笹の葉って食えるのかな。下の方の葉っぱを採って咥えてみた。

「あれ？　うまくね？」

なんかぱりぱり食える。でも消化はできないのかな。草を消化するための消化器官を人間は持っていなかったはずだ。うまいけど量を食べたらまずいかな。でもなんか手持ち無沙汰《ぶさた》だからと笹を少し採っていた。つかうちの安全地帯の周りにも竹や笹、山ほど生えてんじゃん。なんで俺ここで笹の葉採ってんだろう。

そんなことを考えていたら、いつの間にかマップ上の黄色い点がこちらへ近づいてきていた。でも1つはまた離れたところで止まり、もう1つがすごいスピードでこちらへ来ているのがわかった。きっとこれは先ほどのヘビだろう。多分誰かと相談してきたのだろうが、いきなり攻撃とかされないといいな。

まだこの点の意味がよくわからないし。

「ミコ、そろそろ来るぞ」

そう声をかけたらミコは俺から下りた。そして俺の前に陣取《じんど》る。もしかして守ってくれるつもりなのだろうか。そりゃあミコはイノシシもどきを倒せるぐらいすごいイタチだけど、あんな大きなヘビにはかなわないのでは……と思っている間にヘビが近くに来た。

俺は竹の上方を見上げた。

いた。

ヘビは俺が見つけたことに気づいたようで、またするすると竹を伝って下りてきた。

『……そう威嚇するなイイズナよ。我はそなたの主《あるじ》の敵ではないぞ』

ヘビはミコにそう言った。ミコってイタチじゃなくてイイズナ？　っていうのか。確かに、イタチにしてはみんな小さいしな。

『そなた、名はなんと言う』

「え」

まさか名前を聞かれるとは思わなかった。名乗ってもいいのだがここで名乗って何か悪用されても困る。

「ええと、すみません。名前を言うことで、俺に不利益はないのでしょうか」

こんなことをバカ正直に聞いてどうするのか。でも異世界で名乗る恐ろしさって想像もつかないしな。

『慎重だのう。ではそなたの容姿を伝えるとしよう。そなたの髪の色は黒でいいのか？　1色に見えるが』

「はい、黒です。染めていません」

色の名前がわからないのか。はたまた色がわからないのかまではわからなかったが、俺の髪の色を伝え、最後に苗字《みょうじ》だけ教えた。

「山田、と言います。苗字ですが」

『苗字というのがわからぬがまぁいい。聞いて参ろう。そこを動かずに待っておれ』

ヘビはそう言ってまた戻っていった。俺の返事は聞かずに。

「ミコ、まだ待たなきゃいけないみたいだぞ……」

このままだと元の場所へ戻るのが遅くなる。暗くなったらさすがに歩けないだろう。そしたらこの竹林でビニールシートにくるまって夜明けを待つようかな、なんて思った。

しっかしヘビでもなんでも言葉を交わせる相手がいるというのは喜ばしいことだ。

ただあのヘビは誰かと一緒にいるらしい。その誰かは俺に会いたいと思ってくれているようだが、俺の正体がわからないと不安みたいだ。男では、みたいなことをヘビが言っていたからもしかしたらその誰かは女性なのかもしれなかった。

大丈夫、俺はヘタレだ。好きな女子に話しかけられた日には舞い上がって家でくるくる踊《おど》っているぐらいヘタレだ。うん、意味がわかんねえな！

それにしても同じクラスだったというのに彼氏がいるのも知らなかったとか俺ってなんなんだ。まぁクラスだけの付き合いだったし、軽口を叩くような仲でもなかったしな。ただ俺が勝手に好きになって盛り上がっていただけだ。

相手は他校の生徒だったし。制服も当然違った。茶髪《ちゃぱつ》で、如何《いか》にもモテそうな男だった。俺が勝っていたのは背の高さぐらいなんじゃないだろうか。

あ、思い出したら悲しくなってきた。

切ない、切なすぎる。

うなだれていたらミコにすりすりされた。白イタチかわいいっす。最高っす。ちっちゃくて柔らかくて優しいっす。でも別に人間化とかしなくていいからな？　異世界ならなんでもありとかいらないからな？　ミコはこのままが一番で最高だ！

ミコをそっと抱いてなでなでしていたら、また黄色い点が近づいてくるのがわかった。それも2つとも。でも1つはまた少し離れたところで止まった。なんか懐かない猫みたいな動きだなとか失礼なことを思った。1つが止まると、もう1つはすごいスピードでこちらへやってくる。それは先ほどと変わらない。

頃合いを見て俺は竹の上方を見た。

いた。

ヘビがするすると下りてくる。

『そなたの察知《さっち》能力は素晴らしいのぅ。我が主もそれぐらい察しがよければもっと早く出てこれたはずなのじゃが』

俺は頭を掻《か》いた。

別にこれは察知能力でもなんでもなくてマップの表示された点で判断しているだけなんだけ

どな。もちろんそれを明かす気はこれっぽっちもないが。

「なんとなくわかる程度ですよ」

『謙虚は美徳ではないぞ、山田』

「謙虚じゃないんですけどねー」

俺個人の能力じゃないしな。絶対言わないけど。

『ふむ……ところで確認じゃが、そなたの名前はユキトかの？』

「いいえ？　彼方《かなた》と言います」

『然《しか》り』

あ。

名前まで言っちまったー！　とパニクる俺にヘビは何度も頷《うなず》いた。そして、

『彼方だそうじゃ』

もう1つの黄色い点がある方向へ顔を向け、俺の名を伝えた。

「……え？　山田、君？　本当にっ⁉」

あれ？　なんか聞き覚えのある声が……と思ったら、ヘビの視線の先に中川里佳子《りかこ》が。

なんで俺が失恋した、初恋の相手がこんなところに？　しかも黄色い点からいきなり青い点に変わってんだけど！　どゆこと？

そもそも、なんで中川さんがこんな危険なところにいるんだよー!?

彼女は髪を後ろで1つに括っているみたいだった。猫のようなつり目が今は大きく見開かれている。やつれてはいるみたいだったが、彼女は変わらずかわいかった。

「え？　なんで？　なんか……全然キレイ、だよね……なんで？」

彼女は俺から3メートルほど離れた位置で足を止めた。そして俺をまじまじと見る。特に俺の頭の方を。

それでああ、と合点《がてん》がいった。ここに来てからすでに約3カ月は過ぎているのだ。その3カ月、まともに身体も何も洗えなかったら頭はフケでいっぱいだろう。だが俺には水のいらないシャンプーがある。しかもこの不思議なリュックのおかげで、いくら使ってもなくなることはない。だから毎日シャンプーは欠かさなかったし、ペットボトルの水を温《あたた》めて身体を拭くこともしていた。おかげで普通に野営とかしてた人よりは清潔だと思う。服も下着とかはちゃんと洗って替えてたしな。石鹸《せっけん》はないから下着とか水洗いしてから熱湯消毒してたけど。

「……中川さん、久しぶり」

俺の口から出たのはそんな間の抜けた挨拶《あいさつ》だけだった。

「あ、うん……久しぶり、だね……ええと……」

中川さんも俺の挨拶ではっとしたようだった。お互い動揺しすぎて困るよな、うん。

「あの……山田君がいたところって、どこ、かな？　人里とか？　どっか、村みたいなところなの？」

「いやぁ……」

俺は頭を掻いた。期待させたみたいで悪いことをしたかもしれない。

「俺、ずっと1人でいたんだ。なんか、楕円形のかなり広い原っぱでイタチはいっぱいいたけど人はいなかった」

「そう、なんだ……」

きっと彼女も1人だったんだろう。それでも話が通じるヘビがいただけましだとは思うけど。

ああでも環境によるかな。どんなところで彼女は過ごしていたんだろうか。

「あ、のさ……山田君がいるところってここから遠いの？」

「遠い……とはまぁ言えないけど……ここから歩いて3時間ぐらいかな」

「それって十分遠いよね!?」

「あ、え、そうなの？」

中川さんとはちょっと認識が違うようだった。

「じゃ、じゃあ……これから帰る頃には真っ暗、だよね？」

「うん、たぶん……」

中川さんがいるところはここからどれぐらいの距離があるのだろうか。今まで俺みたいに引きこもっていたようなことをヘビが言っていたから、ここから近いのではないだろうか。でもだからって中川さんのところにお邪魔するわけにはいかないと思う。だって男の子だもん。

中川さんはしばらく黙って考えているようだった。

「あの……情報交換もしたいから……私がいるところに来る？　その、寝るところもないといえば、ないんだけど……」

遠慮がちに言われたけど、これってきっと中川さんも寂しいんだよな？　大丈夫、俺はヘタレだから手を出したりはしないって。

「え？　いいの？　ならお邪魔する。寝床はまぁ……ビニールシートがあるから大丈夫かな」

「ホント!?　じゃあついてきて。ここから歩いて大体1時間ぐらいかかるんだけど……」

「わかった。よろしく」

好きだった女子に会えたことは嬉しいけど、彼女がここで俺と同じようにサバイバルしてたと思うと胸が痛む。俺はこの規格外のリュックがあるからそれなりに快適に過ごせたけど、彼女はそうではなかっただろう。絶対なんらかの意思が働いてるよな。

顔を出したミコの頭を撫でながら、俺は中川さんとヘビのあとについていったのだった。

4章　ヘビと誰かと合流しました

こんなに近くに中川さんがいたなんて思ってもみなかった。

うちの安全地帯から、ほぼ竹林の中を歩いて約4時間。

中川さんが足を止めた。

「ちょっと待ってね……ここだけ竹林が途切れてるの」

「ああ……」

うちからはきっと、竹林の端を通って行けばここまで来られたのだろうと思う。竹林つってもなんか範囲がおかしいんだよな。

「大体ここから何メートルぐらいありそう？」

「……わからないわ。50メートルはなかったと思うのだけど」

俺は右上のマップを確認した。まだ中川さんが住んでいる場所はわからないけど、彼女が住んでいるのが俺の暮らしている場所みたいな安全地帯だとしたら、あの辺りかなという予測はつけられた。竹林の外側には2つほど赤い点が見える。

「ヘビさんは、この辺の獣って倒せます？」

『1頭なれば』

「じゃあもう1頭は引き受けます」

『なんとも頼もしいのぅ。では里佳子、走るぞ』

「は、えっ⁉」

ヘビがつん、と中川さんを軽くつついて竹林から追い出してしまった。スパルタだなと思った。中川さんも命の危機を感じたのか、どうにか走り出した。それを俺も追う。斜め右から走ってきた赤い点が中川さんを狙《ねら》っている。こちらはヘビに任せよう。こちらが相手をするのは……。


左からまっすぐ走ってくるヤツだ。まっすぐとかふざけんなよ！

俺は左からドドドドドッ！　と駆けてくるイノシシもどきを見ながら、醤油鉄砲が届く位置まで引き寄せることにした。こればっかりは当たらないと俺が死ぬ。

ククックッと白イタチのミコが鳴く。ミコが合図《あいず》してくれるのだ。

俺は勢いよく醤油鉄砲を押し出した。

プギイイイイイッッ⁉

当たる当たらないは確認せずイノシシもどきを見ながら中川さんが逃げた方向へ走る。よしっ、当たったみたいだ。

ギイイイイイッッ⁉

ヘビがシカもどきを締め上げているのが見えた。うわあ、と思った。中川さんは一目散《いちもくさん》に逃げている。その背を追い、どうにか森とは違う場所に走り込むことができた。中川さんは原っぱの中ほどまで走っていった。入口付近だと獣が入ってくることもあるのだろう。

ここまでの行動で30秒もかかっていないと思う。本当に命がけだよな。

「はあ、はあ、はあ、はあ……」

中川さんが荒い息を吐いている。

『彼方よ、手伝え』

「あ、ハイ」

ヘビに声をかけられて少し戻った。絞め殺すことはできても運ぶのは難しいよな。ちょうどよさげな枝を見つけてシカもどきの足を縛り、ヘビと共に中川さんがいる安全地帯に運んだ。かなり重かった。

『彼方よ、そなた先ほど獣を倒したようじゃが何を使ったのじゃ？』

「ああ、これですよ」

醤油鉄砲を取り出してヘビに見せた。

『む……これはなんとも耐え難いのぅ。我は浴びせられたところで不快程度じゃが、この森の獣たちではたちどころに死んでしまうじゃろう……』

ヘビは醤油鉄砲の中身がわかったようだった。ホント、醤油ってなんなんだろうな？

『確かに人がこの森で暮らすにはそれなりの装備が必要じゃろう。そなたもまた生きていてよかった』

「？　ありがとうございます？」

ヘビにしみじみと言われ、俺は首を傾げた。やっぱしゃべるぐらいだからいろんなこと知ってんのかな？　もしかしたら俺たちを誰が召喚したとかそういうことも。あとで聞けるようなら聞いてみようと思った。

「山田君、ありがとう……わぁ、魔獣まで持ってきてくれたんだー……」

中川さんはありがとうと言いながら疲れたような顔をしていた。俺はヘビを見やった。さすがにヘビが解体してくれるわけないもんなと、中川さんの様子にも納得した。

「解体する？　俺、そんなにうまくはないけど、解体するなら手伝うよ」

「ホントッ!?　助かるーっ！」

よっぽどたいへんだったのだなと同情した。中川さんがほっとした表情をした。俺も吐かなくなるまで2週間ぐらいかかったしな。

「あ、お湯、沸かさないと……」

中川さんがそう言って手鍋っぽいのを持って竹林の側まで駆けていった。

「シカって、あっちの方まで運んだ方がいいですよね。その方が解体しやすいですし」

『解体などせずとも我ならばかまわぬのじゃがな。人というのは面倒なものじゃ』

しっかしこのシカ、どこなら食えるんだろうな。内臓は潰されて全滅だろ？　何せ絞め殺してたし。そうなるとももも肉ぐらいか？　食えるのは。でもまぁけっこうな量があるから俺と中川さん、うちのミコぐらいなら十分か。残りはヘビが食べるのかな。

「そちらはどこを食べるんです？」

『腹の辺りをいただこう。血と臓物《ぞうもつ》にまみれた肉は食えぬと主が言うものでな』

「ははは……」

俺もできれば御免蒙りたい。中川さんに手招きされるがままにシカもどきをヘビと運んだ。

「ここって湧き水があるのか」

「そうなのよ。山田君のところにも水場はある？」

「いや、俺のところはただ、だだっ広いだけだな。真ん中に椿の木が植わってるぐらいで」

「ええっ!?　じゃあ今までどうやって生きてきたのっ!?　あれ……でもそういえば、山田君ってここに来てからどれぐらい経ってるの？」

「約３カ月ってとこかな。中川さんは？」

「私もそれぐらいだけど……なんで山田君の髪からいい匂いがするの……？　椿油とか塗ってる？　でも、ベタベタしてるかんじじゃないし……」

やっぱ女の子は清潔さにこだわるよな。中川さんのいるところに水場があってよかったと思う。

「俺、水のいらないシャンプー持ってるんだよ」

「ええっ⁉　何それ！　私も使いたいっ……あ、でも……」

中川さんは勢いよく食いついてきたが、すぐに尻すぼみになった。

「……山田君の分がなくなっちゃうよね。や、やっぱりいいわ……」

そっぽを向いて小さい声でぶつぶつ言っているのを聞くと可哀想《かわいそう》になってきた。

「いいよ、使って。ただ肌に合わなかったら申し訳ないんだけど」

「ううん……本当に、いいの？」

「うん、いいよ」

「ありがとう～……うう～……」

中川さんの目に涙が浮かび、俺は慌《あわ》てた。いろいろたいへんだっただろうと思う。俺もたいへんだったけど、ここで会えてよかった。中川さんも俺と同じ気持ちだったらいいな。

クククククッと俺の上着の内ポケットの中からミコが鳴いた。

「ん？　ミコ、どうした？」

ミコがぴょこんと顔を出した。うん、かわいい。

「え？　山田君、その子、どうしたの？」

「ああ、俺が住んでるところの椿の木に住んでるんだ。俺のところいっぱいイタチがいてさ」

「そう、なんだ……」

中川さんは俺とミコを交互に見て笑った。

「お名前はなんて言うの？」

「ミコって言うんだ」

「そっかー……。ええと、イタチさん？　イイズナさんかな？　私も名前を呼ばせていただいてもいいですか？」

するとミコは俺の内ポケットの中に潜り込んでしまった。

「ミコ？」

「フられちゃった。そのうち私にも慣れてくれたらいいな～」

中川さんは目尻に浮かんだ涙を拭き、「さー、お湯を沸かしますかー」と言った。

「ミコ、どうしたんだ？　彼女は俺と一緒だぞ？」

内ポケットの上から撫でたらグルル……と唸《うな》られた。なんかよくわかんないけどごめんなさい。

シカもどきの解体の手順はあまり俺と変わらなかった。でも内臓などはもうぐちゃぐちゃになっているということで、もも肉ぐらいしか取らなかった。残りはヘビが食べるらしい。

「最初手順通りにおなか切ったら大惨事で……すっごくリバースしたの……」

中川さんは遠い目をしながら教えてくれた。

「ははは……」

ヘビに締め上げられたのだ。どんなことになってしまうのか想像に難くない。見ないですんでよかったと思う。それでもやっぱり力任せに締め上げたせいかありえないところまで骨が折れている。おかげで肉を切り分けるのもたいへんだった。あと言っちゃ悪いけどおいしそうには見えない。

「うーん……」

確かにヘビがいれば魔獣退治は問題ないとしても、食肉となると問題だ。

「ヘビさん」

『む？　我のことか？』

「あ、彼にはスクリって名付けたよ」

中川さんが答えてくれた。スクリ、ってアナコンダのことだよな？　確かポルトガル語だったか。こういう知らなくてもいいような知識だけはあるんだよな。

「じゃあ、スクリさん」

『スクリでよい』

「スクリ、ちょっと聞きたいことがあるんだけど」

『何か』

「スクリは、俺が倒したヤツとかは食べられるのか？」

『問題ない。ただ、でかすぎる故《ゆえ》な。丸飲みは難しい』

「あれを解体したらスクリは食べる？」

『うむ』

「じゃあ……」

『今向かっても無駄じゃろう。すでに他の獣の餌になっているはずじゃ』

「そうかな？」

「山田君？」

俺たちの会話からもう1体解体することになるのかと中川さんも気づいたらしい。不安そうな顔をしていた。

「もう1頭、取ってこられたら俺が解体するから」

『もう食われていると思うがのぅ』

「そうでもないかもよ」

ただちょっと離れた場所にあるってのがネックなんだよな。枝と紐を持ち、マップを確認しながら先ほど倒したイノシシもどきの元へ向かった。

もちろんミコも一緒である。ミコは上着の内ポケットから出てきて、俺の首に巻きついた。くすぐったいけどとてもかわいい。

『……何故元のままなのじゃ？』

ヘビが不思議そうに頭を傾げた。ヘビも首を傾げたりするんだと、ちょっと感動した。（スクリだけかもしれない）

「これで倒した獣は、あの角がある獣たちには食べられないみたいなんだ」

醤油鉄砲を出して見せる。他の生き物には食べられるかもしれないけどな。

ヘビは合点がいったように頷いた。

『ふむ。それは面白い』

マップ上に赤い点がないことを確認しながら、ヘビに手伝ってもらってイノシシもどきを運んだ。そう考えるとこの森って意外と魔獣に遭遇《そうぐう》しないと思う。ただ実際の広さとかがわからないから無謀《むぼう》な挑戦はできないけど。

ヘビが力持ちなせいか、でかいイノシシもどきでもけっこう楽に運べた。さすがに俺だけじゃ運べなかったから助かった。

「ありがとう、助かったよ」

『礼などいらぬ』

「山田君、今お湯沸かしてるから」

「ありがとう、中川さん」

「ううん……大きいイノシシ？　だね……」

「うん、多分こっちの方がおいしいと思うから待ってて」

「そう？」

中川さんは俺の言葉に懐疑的《かいぎてき》だった。そりゃああんな骨ばっきばきの肉ばっかり食べてたらそうかもしれない。殺し方によって味が変わるってのは間違いない。暗くなる前に解体してしまおうと、どうにかイノシシもどきを解体した。

「うわー、こんなにキレイに内臓って取れるんだね」

「中川さんは内臓食べる？」

「んー、別にいらないかな」

「じゃあスクリとミコにあげるか」

また肉がだいぶ取れた。

「中川さんって何食べてたの？」

「スクリが獲《と》ってきてくれる獣の肉が主《おも》。いいかげん野菜とかごはんが食べたいけど……」

それはまずいと思った。

「ちょっと待ってて」

俺はマップを確認しながら木々と原っぱの境界まで向かい、松葉を採ってきた。

「中川さんは松葉でビタミンCが摂れることは知ってる？」

「え？　そうなの？」

「一応咥えていればビタミン摂れるから」

「ありがとう……」

中川さんは素直に松葉を咥えた。

「中川さん、ビタミンとかどうやって摂ってた？」

「ビタミンCの飴《あめ》があったの。4、5日に1回ぐらい舐めてて……まだあったかな」

ちょっとだけひらめいた。

「中川さん、その飴の袋ってある？」

「？　うん、あるけど？」

「じゃあ袋ごと持ってきて。試したいことがあるんだ」

俺のリュックがもし機能するなら、飴の袋が増えるかもしれない。ま、ダメで元々だ。中川さんが少し離れたところに立てているテントからリュックを持ってきた。そこからビタミンCと書かれた飴の袋を出す。

「これ？」

「うん。中川さん、俺はこの袋を一度俺のリュックに入れて閉める。それから出してみる。無意味かもしれないけど、試したらいいことが起こるかもしれない。ちょっと試してみてもいいかな？　ちゃんと返すから」

頭がおかしいと思われてもしょうがないけど、試してみる価値はあると思う。

「……うん」

中川さんは不思議そうな顔をしていたけど頷いてくれた。よかった。

袋には飴が3個残っていた。本当に大事に食べていたようだ。一度その袋のまま俺のリュックにしまってから出した。何も変わっていない。

今度は袋から飴を全部出してから袋だけリュックにしまって、開けたら。

「お？」

袋が重くなった。成功だった。

新品のビタミンCと書かれた飴の袋が手に入った。もちろん口は開いていない。

「え？　どういうこと？　山田君も持ってたの？」

「違うんだ」

そう言いながらマップを確認する。中川さんらしき点は青いままだ。おそらくこの青は、少なくとも俺に心を許している証拠だと思う。それなら話してもいいのではないだろうか。

ミコは安全地帯に戻ると俺の上着の内ポケットに入ってしまった。なんだか拗《す》ねてしまったみたいだった。でも俺に重なる点は青いから、ミコが俺に気を許してくれているのは間違いない。

「実は……このリュック、不思議なものなんだ」

そう言って、これは父親がアキハ町で買ってきた不思議なリュックなのだということを説明した。

「信じられないと思うけど……」

「ううん」

中川さんは首を振った。

「私も……アキハ町にたまたま行った時、この袋を買ったの。１００円で」

そう言って見せてくれた袋はチャック付きのでかいポーチのようなものだった。

「えっと、それは……」

「これはね、ごみをなくすことができる袋なの」

「ええ⁉」

こっちの方が驚いた。さすがにごみをそこらへんにポイポイ捨てるわけにもいかないので、この袋に入れていたら本当に次の日には中身がなくなってしまったのだそうだ。そしてごくごくたまに、翌朝何かオマケのようなものが手に入るらしい。

「へぇ～……オマケってどんな？」

「うんとね、爪切りとか」

「あ、それは確かに地味《じみ》に必要かもしれない」

俺は十徳ナイフにハサミがついてるから大丈夫だけど。

「針と糸とか」

「それはすごい」

なんとなくあると嬉しいものがもらえるようだ。ってポイント制かよ。

せっかく肉を食べるんだしと、飯盒を出してお米を炊くことにした。無洗米《むせんまい》だから洗わなくても炊ける。

「え？　お米まであるの？」

「ああ、一緒に食べよう」

「嬉しい～」

また中川さんが泣き出してしまって少し困った。ミコが顔を出してくれて、何故か俺の頬《ほお》をペロリと舐めた。やっぱかわいいなって思った。

そういえば今日はまだ水筒の中の調味料を確認していなかった。

「あ、そうだ。ちょっと待ってて」

「？　まだ何かあるの？」

水筒を取り出した俺に、中川さんは不思議そうな目を向けた。

さて、今日の調味料はなんだろうか。蓋を開けて傾けてみたけど出てこない。中蓋を開けたら。

「マジか」

これは取り出すのもたいへんそうだと思った。

「中川さん、タッパーかなんか持ってる？」

「あ、うん」

「味噌《みそ》って好き？」

「え？　うん、好きだけど……」

すごくいぶかしげな顔をしていたが出してくれた。大きいタッパーを1つ持っていたらしい。

その中にどうにかして味噌を移した。

「え？　味噌？　なんで水筒から味噌が出てくるのっ⁉」

それは俺もすごく聞きたい。

「いや、ここに来た日から……」

調味料にまつわる話を中川さんにすると、信じられないものを見るような顔をされた。うん、俺も信じられないからしょうがないよな。

「味噌が出てきたのは初めてだけど」

「おみそ汁が飲める～」

味噌をタッパーに移してから、水筒にお湯を入れて振り、洗うついでにみそ汁を分けた。具はないけど立派なみそ汁だ。しかもだし入り味噌だったらしく、本当においしく飲めた。

「なんて贅沢なの～」

また中川さんの目に涙が浮かんだ。よっぽどたいへんだったんだろうな。あぶった肉に味噌をつけて再び焼くと辺り一面に香ばしい匂いが漂った。うん、すっげえおいしそう。ちなみにミコとヘビの口には合わなかったようだ。残念。ヘビはシカもどきとイノシシもどきを食べており、ミコは俺の近くでイノシシもどきの内臓を主に食べていた。やっぱり栄養が一番あるところを率先して食べるんだろうな。シカ肉もどきはやっぱり熟成させた方がいいようであまりおいしくなかったが、シシ肉もどきはやっぱりおいしかった。

ごはんもあるし、中川さんは涙を流しながらもりもり食べた。喜んでもらえてよかったよかった。

「中川さんはところでどうしてここに？」

ある程度食べて落ち着いてからようやくまともに話ができるようになった。お互いいろいろ情報は出し合っているんだが、落ち着かないせいか情報が断片的でよくわからなかったのだ。

「おなかいっぱい……こんなにおいしいものを食べたの久しぶりかも……ええとね」

中川さんは丁寧にお箸を置いて俺に向き直った。ビニールシートを敷いた上で1メートルぐらい離れた位置にいる。女子にくっつくわけにはいかないからな。ヘタレだって？　ほっとけ。

「たぶん、私がここに来たのは山田君と同じ頃じゃないかと思うの。あの日、1人で二果山に登って……」

「えっ？」

思わず聞き返してしまった。

「ちょっとごめん。中川さんも二果山に登ってたのか？」

「え？　ってことは山田君も？」

どうやら偶然2人ともあの日同じ山に登り、ちょうどその時中川さんは山頂の石碑の側でお弁当を食べていたそうだ。俺が山頂に登って石碑に触れてからなんか辺りが一面光って……。あの時そういえば誰かの悲鳴のようなものを聞いた気がした。あれは中川さんの声だったのかもしれない。でもなんで俺たち離れ離れになってしまったんだろう。これもやっぱりなんらかの意思が関係しているのだろうか。

「もう、とにかくびっくりしたよね。山の上にいたはずなのにこんな原っぱの真ん中でお弁当を食べてたんだもの」

「だね……」

中川さんはごはんを食べ終えて片付けてから周囲を見回し、とりあえずの安全を確認してから荷物のチェックをしたらしい。本当は二果山の隣山で1人キャンプをする予定で、大きい荷物をしょってきていたのだそうだ。だから1人用のテントがあり、寝袋《ねぶくろ》も持っていた。数日は暮らせるぐらいの食料も背負ってきていたそうだ。

荷物が全てあることを確認してから、彼女はリュックを背負って原っぱを回ることにした。

「原っぱの真ん中でスクリがいるのを見つけた時は心臓が止まるかと思ったわ。これで死んじゃうのって絶望したの。でもすぐに話しかけてくれて、獲物《えもの》も獲ってきてくれたしね……。それにここは水場があったから助かったけど、そうじゃなければ詰んでたかも……」

中川さんは一通りキャンプ道具を持ってきていたので、石鹸はないものの身体を拭いたり頭

を湯で流したりとできるだけ清潔にしていたようだ。石鹸がないのが困るなーなんて中川さんと言い合っていたら、ヘビに、

『石鹸とはどういうものか』

と聞かれた。

俺が持てる知識でこれこれこういうものだというのを伝えたら、

『ああ、あれか』

と言ってヘビはどこかへ行ってしまった。石鹸のようなものをヘビが知っているとは考えづらかったが、もしも手に入ったらいいなぐらいには思った。

『これかのぅ。名は知らぬが』

しばらく待っていたら、ヘビはそう言って何かの実を咥えてきた。その実には見覚えがあった。

「あれ？　これってもしかしてムクロジの実じゃ……」

「ムクロジって？」

「皮が確か泡立つんじゃなかったかな」

皮を剥いてペットボトルの水を自分と中川さんに分け、空っぽにした中に実を入れる。そこに改めて水を入れ、蓋をして振ってみたら見事に中があわあわになった。

「ええー？　そっか石鹸の実だね！」

中川さんは大興奮だった。山野草《さんやそう》に関するポケットブックも2、3冊持ってきているそうで、やることがない時はそれを熟読していたらしい。

さすがにもう暗くなってきたので今日のところはもう何もしないで寝ることにし、明日洗濯《せんたく》とかいろいろすることにした。中川さんは自分のテントに。俺は防寒具を出し、ビニールシートの上に段ボールを敷き、ミコと共に寝たのだった。うん、今日はとてもいい日だったと満足した。

ふと思い出す。そういえば中川さんの彼氏ってどうしてるんだ？　でも1人キャンプで二果山に登ったたって言ってたし……。

いや、今は考えない。考えないんだ。ミコのぬくもりを感じながら眠りについた。

翌朝、なんとなく身体は痛かったがどうにか起きた。やっぱり自分の寝床でないとどうも落ち着かない。椿の木の下の寝床は一応俺用に快適に作ったつもりだ。

中川さんがここにいることがわかったし、今日はやれることをやったら戻ろう。2晩も男女が同じ空間にいるのはよくない。この原っぱ自体はかなり広いけど。（大体うちの安全地帯と同じぐらいだ）

身を起こす。まだ中川さんは起きていないようだった。俺は日の光を感じて起きてしまったらしい。うちだと椿の木の下だし、更に屋根が2段あるしな。

ぐぐーっと身体を伸ばし、固まった筋肉をほぐす。マップを確認し、近くに赤い点がないことを確認して木々の側へ向かった。松葉を採るためである。ビタミンCは大事だ。湧き水があるのがありがたい。顔を冷たい水で洗い、お湯を沸かしながらシャンプーをする。水のいらないシャンプー、本当に便利だ。ただ結局タオルで拭くからタオルが汚れるんだよな。身体を拭くのは戻ってからにしよう。さすがに女子のいるところで裸《はだか》になるわけにはいかない。

昨日のイノシシもどきとシカもどきはキレイに食べ尽くされてなくなっていた。ヘビが中川さんのテントの側でとぐろを巻いている。ミコのごはんが困るなと思いながらリュックを漁った。そういえばポテチも缶詰もあるじゃないか。新聞紙にくるんだシカ肉は寝床に置いてきたから今頃イタチたちのごはんになっていることだろう。

「ミコ、サバ食べるか？」

ミコがクククと鳴いた。

水煮缶を開け、サバを湯で少し洗う。缶の中の汁には湯を足して俺のスープになった。ミコがおいしそうに食べるのを見て幸せだなと思った。俺は弁当を出して、おにぎりに少し味噌を塗って火であぶった。香ばしい匂いが辺りに漂ってきた頃、中川さんがテントから出てきた。

「……おはよ……山田君……って、おにぎり……」

「1個食べる？」

一応でっかいのが2つだから1つは分けてもいい。お弁当の中に入っていたゆで卵はすでに食べ終えている。卵は大好物だから誰にもあげられない。こんなことなら2、3個ゆでてくれればよかったなと思ったが、そんなことは後の祭りである。

「いいの!?」

中川さんが目を見開いた。

「ああ、いいよ」

ミコがカリカリとポテチの袋を引っかいている。はいはい、今開けますよ〜。

「ポ、ポテチまで……」

「ちょっと待っててくれ」

袋を開けて山を3つ作った。喧嘩にならないようにだ。1つはミコに。もう1つは俺、最後のは中川さんにあげた。

「ここはもう天国かもしれない……山田君、どうか私のお嫁《よめ》さんになってええええ！」

「あはははは……」

即答したいぐらいだったがさすがにバカを見るのは嫌なので笑って誤魔化《ごまか》した。どーせヘタレですよ。わかってますよ、ええ。

ヘビも中川さんからもらってポテチを摘まんでいた。

『……少なすぎてよくわからぬが、不快ではない』

「あー、確かに」

ヘビの返答に中川さんと苦笑した。ヘビ、ニシキヘビっぽい柄《がら》でかなり太さもあるしでかいもんな。食べ終えてから中川さんにシャンプーを貸した。

「ありがとおおおおおおっ！」

ものすごく大げさに喜ばれたけど、ここ3カ月洗えなかったと思えばそういうものかもしれない。俺も水がふんだんに使えるのは素晴らしいと思った。ペットボトルから出すの、地味に面倒なんだよ。贅沢な悩みといえばそうなんだけどさ。

頭を洗って上機嫌《じょうきげん》になった中川さんに、今日の水筒の中身は何？　と聞かれた。そういえばまだ確認していなかった。

みな何故かわくわくしているようで俺と水筒を凝視《ぎょうし》している。まさかのヘビまで。とりあえずいつも通り蓋を開けて水筒のコップに出してみた。

「ん？　なんか酸《す》っぱい匂い？」

別に悪くなっているかんじではない。柑橘《かんきつ》系の爽《さわ》やかな香りだ。これってもしかしてレモン汁とか？

「中川さん、コップある？」

「うん」

ステンレスのカップに少しだけ水筒の中身を出した。

「ちょっと味見してくれ。多分酸っぱいと思うけど」

「酢《す》？　なのかな？」

そう言って中川さんは舐めてから、

「酸っぱい！　これ、多分レモンじゃない!?　レモン汁！」

やっぱりそうだったか。何気に中川さんを毒見役にしてしまった。いかんいかん。

「あ、そうだ！　これに飴を入れてお湯を注いだらおいしく飲めるんじゃないかな!?」

「それ、いいかも」

飴は俺のリュックで量産できるのでさっそくカップにレモン汁少しと飴を2個ぐらい入れてお湯を注いで飲んだ。思ったより甘くはならなかったけど中川さんは幸せそうな顔をしていた。ホットレモンか。ミコが気になったみたいで嗅いでくるので一口あげたらすごく酸っぱそうな顔をした。かわいかった。ミコは少しうろうろしてからまた一口飲んだ。酸っぱいけど甘いから欲しかったようだ。とてもほっこりした。

今持っている調味料は醤油とこのレモン汁ぐらいだ。味噌は中川さんに進呈することにした。

そして、そろそろ元いた場所に戻ることを伝えた。

「え？　帰っちゃうの？」

「ああ、様子も見てきたいし。また来てもいいかな」

「……私がそっちに一緒に行くのはだめ？」

中川さんはとても心細いようで、縋《すが》るような目を向けてきた。かわいい。

もちろん！　と即答したかったが俺のいる場所には水場がない。俺のペットボトルだけでは不便でしょうがないだろう。

「でもうち、水場がないんだよ」

「そっかー……でも片道4時間もかかるんだよねぇ」

「そうなんだよなぁ……」

歩けない距離ではないが毎日移動するのはたいへんだ。その時、ヘビがのんびりとこう言った。

『我に掴《つか》まって行けばいいだろう』

「え？」

「どゆこと？」

俺と中川さんは顔を見合わせた。

「スクリに掴まってって……」

『我の背に掴まれば造作《ぞうさ》もない。すぐに彼方のいる場所に着くはずじゃ』

「あー……そういえば竹と竹を渡ってたな～」

確かにあのスピードなら一瞬かもしれないと思う。でもなぁ……。

「あのスピードだと振り落とされそうなんだが……」

『掴まり方は里佳子たちで考えればよいじゃろう』

竹と竹を渡っていくわけだから魔獣にも遭遇しないだろう。中川さんと共に頷き、方法を考えてみることにした。

紐はある。だが直接ヘビに縛りつけてもだめな気がする。何かと一緒に巻きつく形を取った方がいいかとか考えた。

何か、といったらビニールシートだ。当然中川さんも持っている。しかしリュックをしょって更に、ということは可能なのだろうか。まーとりあえずやってみよう。いきなりやって振り落とされてもかなわないので、試しにまず俺がヘビにがっちりと自分の身体を括りつけてみた。

傍《はた》から見ればなんとも滑稽《こっけい》な恰好《かっこう》である。

ヘビは俺を身体に括りつけたまますると竹を登り、竹から竹へ渡った。ヘビに身体を密着させているのでそれほどではないが快適な移動とは言い難い。だがこれで早く移動できるならば魅力的ではあった。ヘビは5分ぐらいそのまま進み、また5分かけて戻った。こちらを気《き》遣《づか》ってくれているのか、動きはそれほど早くはない。でも自分たちで地上を歩くよりは遥《はる》かに早そうだった。紐の緩《ゆる》みなどを確認して大丈夫そうだと中川さんに言った。

「よかった。じゃあ、スクリに掴まっていけばいいのかしら」

「歩くよりはよっぽど早く着くと思うよ」

そう答えてから右上のマップを見ると、赤い点がこちらに向かってきているのが見えた。やっぱりここにも魔獣は入ってくるようだ。

「中川さん、何か攻めてきてるかもしれない！」

「え？　ホントにっ？」

中川さんはそれを聞くと素早く荷物の側に向かい、なんと大振《おおぶ》りの弓を持ってきた。え？　それもしかしてここで作ったのか？

「山田君、醤油貸して！」

「はいっ！」

思わず醤油が入った竹筒を渡してしまった。中川さんは手際よく矢じりに醤油をつけると、弓につがえた。

ドドドドドドドッッ！　と何かが突進してくる音が聞こえてきて、それがどんどん大きくなる。中川さんは音の方向に身体を向けている。凛《りん》とした、美しいとも思える立ち姿だった。そうえば彼女、弓道部だったな。

ヘビが中川さんの隣に動く。もし中川さんが撃ち損じた際にフォローするためだろう。

ブオオオオオオオッッ!!

イノシシもどきだった。それが細い木などをなぎ倒して迫ってくる。俺も醤油鉄砲を持ち、ミコもまた俺の内ポケットから出て戦闘態勢をとった。中川さんはイノシシもどきをよく引きつけて……。

ヒュオッ!

風が鳴ったと思った瞬間、中川さんはその場から斜め後方へ逃げた。正しいと思った。

プギイイイイイイイイイッッ!?

イノシシもどきはそのまま10メートルぐらい走るとバタリと倒れた。矢がしっかり眉間《みけん》に当たっている。すごくカッコイイと思った。

おそるおそる近づくと、イノシシもどきは絶命しているようだった。醤油、おそるべし。

(なんか違う)

「すごい! すごいよ、山田君! 一発でイノシシが倒せちゃった!」

あの勢いに怯《ひる》まずに矢を射《い》られる中川さんの方がよっぽどすごいと思う。中川さんは弓を持ったままぴょんぴょん跳ねて喜んでいた。よかったよかった。

せっかくなので湧き水の側まで運び、イノシシもどきを2人で解体した。

「連日こんなにキレイなお肉が取れるなんて……」

中川さんが感極まったように震えている。そういえば感動屋さんだったなと思い出した。

解体も2人でやるとすぐに終わったかんじだ。実際そんなに楽ではない。やっぱり重労働だとは思うが、2人でやっているというだけで気が楽になった。中川さんの方が手際がいいのにちょっと落ち込んだ。俺、けっこう不器用《ぶきよう》なんだよな。

「弓ってさ」

「ん？」

「その弓、中川さんが作ったの？」

「うん。あんまり雨降らないから乾かすの楽だったよー。なんか10日にいっぺんぐらいしか降らないよね」

「ああ、そうだね。ちょっと見せてもらってもいい？」

「どうぞ〜」

解体を終えてホットレモンぽいのを飲みながら聞いた。弓は竹を切って作ったようだった。紐も植物の繊維を編んだように見える。なんとも本格的だった。矢じりは石だったけど、当たったらかなり痛いだろう。矢を作る方がたいへんだったと言っていた。だからちゃんと矢は回収している。矢じりは瞬間接着剤でつけているようだった。

「図々しいお願いかもしれないんだけど、山田君のリュックに入れたら新品って手に入らないかな？」

「うーん……中身を使い切らないと厳しいかも。必ず増えるかどうかはわからないから約束はできないかな」

「だよね～」

と言いながら中川さんは別のメーカーの瞬間接着剤を取り出した。もうそろそろでなくなりそうである。なんで2個も持っているんだろう。

「これ使い切ったら試してもらってもいい？」

「いいよ。ってなんで2個も持ってんの」

「こっちが残り少なかったから新しく買ったの。せいぜい2泊ぐらいの予定だったんだけど、いざ使おうとした時なかったら困るじゃない？」

そんなかんじで中川さんの荷物はけっこう多い。

飯盒で米を炊き（うちの米提供。毎日リュックの中から出てくる）、イノシシもどきの肉を焼いて食べた。オイルサーディンもツナ缶もあると言ったら中川さんに拝《おが》まれた。実はまだ出してないけどフルーツ缶も入りっぱなしなんだよな。イタチに襲われたら困ると思ってまだ出してはいない。でもここでなら食べられるかもしれないと思った。

ただ、このリュックとか中川さんのでかいポーチに、所有権はあるんだろうかと考えてしまう。中川さんが俺のリュック欲しさに俺を殺すとは考えられないけどこの不思議なものたちはどういう立ち位置なんだろう。

「スクリ、ちょっと聞きたいことがあるんだけど」

『なんじゃ』

「俺と、中川さんて不思議なもの持ってるだろ」

『ああ、そうじゃな。里佳子の入れ物は里佳子に繋《つな》がっておるし、そなたの入れ物はそなたに繋がっている』

「……え？」

「あ、山田君。言い忘れてたけど、なんかこのポーチとか山田君のリュックは、私たち以外の人には使えないみたいだよ」

「え？　それってどういう……」

『いらぬものを我が入れようとしても入れ物の口がどうやっても開かぬし、よしんば里佳子が口を開けさせたところで我が何かを放り込もうとしてもできぬのじゃ。なんとも不思議な話よの』

「ええええ」

ってことはこのリュックからの物の取り出しは俺限定なのか。それならまぁいいかなとは思う。

念のため中川さんにリュックを渡して試してもらったが、まずチャックを開けることすらできなかった。本当に俺限定っぽい。

それにしてもこれって俺たちに都合よすぎじゃないかな。やっぱり神様かなんかがいて召喚されたパターンかもしれない。

「……都合よすぎじゃね？」

「私もそう思う」

中川さんが同意した。

「だから、山田君に会えてよかった」

そしてポツリと呟いた。俺は顔に熱が上るのを感じた。

「いてっ！」

何故かミコが俺の内ポケットから出てきて、俺の身体を上ると鼻に軽く噛みついてきた。

「なんだよ、ミコ。痛いじゃないか」

「イイズナさん、かわいいね」

中川さんがふふっと笑った。かわいいのは同意するけどなんで俺は鼻を噛まれたんでしょうか。宥《なだ》めるようになでなでした。

ミコは白イタチではなくイイズナではないかと中川さんに言われた。

一般的なイタチよりも小柄で、見た目はイタチの子どもっぽいが獰猛《どうもう》なのだと教えてもらった。うん、間違いなく獰猛だ。魔獣に立ち向かっていったイタチもといイイズナたちの姿を思い出す。ミコがあの喉笛を噛みちぎったんだっけか。毛で覆《おお》われた強靭《きょうじん》な皮膚も噛みちぎるイイズナすげえ。遠い目をしたくなった。

そう考えると今さっき俺がミコに鼻を噛まれたのは甘噛みだな。思い出してゾッと寒気がした。食いちぎらないでくれてありがとう。

5章　みんなで戻ってきた

シシ肉は一部を新聞紙にくるんでイタチたち（イイズナって言いにくいから、やっぱり俺はイタチで統一する）のお土産《みやげ》にした。で、ヘビの背中の上の方に俺が、その下の方に中川さんを括りつけた。このやり方だと中川さんへの負担が大きいのではないかと思ったのだが、中川さんは三半規管《さんはんきかん》が強いらしく船酔いなども一切しないらしい。それはとても羨《うらや》ましい。

「だめだったら言うから大丈夫よ。それに、山田君が道案内してくれないと行けないじゃない？」

「そっか。じゃあなんかあったらすぐ言ってくれ」

『では参ろうか』

リュックも背負っているから相当重いのではないかと思うが、ヘビは俺たちの重さなどものともせず、するするすると動き出した。つっても動きがうねうねというかんじだからなんか気持ちが悪い。ヘビは木にするするすると上ると、俺たちを括りつけたまま木から木へと渡り始めた。ぎゅっとしがみついてないと衝撃が来るので移動中は緊張しっぱなしだったが、ヘビはどんどんスピードを上げる。ミコは俺の上着の内ポケットの中で丸まっていた。

こういう時って、わーっ！　とか、ぎゃー！　とか声が出るものだと思っていたが、口なんか開けたら舌を噛みそうだったから俺も中川さんも無言になった。ミコは初めからあまり声は出さないけど。

途中止まって方角を尋《たず》ねられる他は移動に費やし、実に30分ぐらいかけてヘビは俺たちを元の場所へ送り届けてくれたのだった。なんかもう全身が痛い。全身の筋肉を使ったなと思った。

竹林からヘビが原っぱに下りると、ササササーッと何かが動くような音がした。ヘビから紐を外し立ち上がると、ミコが俺の内ポケットから顔を出し、

キイイイイイイッッ!!

と鋭い声を発した。

動く音が止まり、静かになった。あれはイタチたちが動く音だったらしい。

ヘビから中川さんを外すと、ヘビは彼女に立つように言った。中川さんは素直に従った。

『イイズナよ、我は東のスクリ。そしてこちらは我が主、里佳子じゃ。そなたらの主である彼方に許可を取り訪問した。しばし世話になる』

ミコがそれにキュッと鳴いて返した。やっぱりここのトップはミコなのだなと理解した。そしてそのミコの主は俺らしい。

『それにしても、よき木があるのぅ……』

スクリが椿の木を見て目を細めた。

「スクリ、あの木に芋虫がいるけど食べるなよ？　イタチたちのごはんみたいだからな」

『わかっておる。じゃが……10匹……いや、１００匹ぐらいはいいのではないか』

「それはだめだろ」

さすがにツッコミを入れた。１００匹も食ったら芋虫いなくなるだろ。

「山田君」

中川さんに手招きされたので近づく。もちろん距離を1メートルは空けた。女子にむやみに近づいてはならない。

「芋虫って？　あれって、椿の木じゃないの？　やっぱり毒虫？」

「いや、確かに椿っぽいんだけどくっついてる芋虫は毛虫じゃないみたいなんだよな。前に何度かもらって食べたけどけっこうおいしかったし」

「ええ!?　私も、もらうことってできるのかな？」

「え？　食べるの？」

俺はできればもう食べたくない。確かにおいしかったとは思うけど見た目がだめだ。やっぱり虫は食べつけない。日本でもイナゴは苦手だった。

「でも大事なたんぱく源だよね……。何かお返しできるものあったかかな」

中川さんは真面目《まじめ》に自分の荷物の中を探し始めた。そんなに芋虫が食べたいのか。全然彼女のことを知らないなと思う。

ふと原っぱと木々の境界を見て、

「うあ」

と声が出た。小さいクマもどきが倒れていた。

あれって今日、だよな。昨日だったらとっくに骨になっているだろう。イタチたちも一応夜まではほっておくみたいだし。

「……解体すっか」

あのクマもどき、けっこううまいし。

中川さんがきょろきょろと原っぱを確認している。

「本当に水場がないんだね」

「そうなんだよ。だからけっこう困るんだ」

『ふむ……しばし待て』

ヘビはそう言うと、俺が以前墓を作った方向へ進んでいった。そういえばあそこにいた人は何故あそこにいたのだろうと今頃になって考えた。確かに周りに竹があって安全といえば安全だったかもしれないが、木々がある方から魔獣は入ってくる。その魔獣に見つけられないほど遠い場所ではない。どうして彼はあそこにいたのだろう。

ヘビは彼の墓の前を通りすぎ、竹林の中へと入っていった。

とりあえずお湯を沸かそうと椿の下の寝床から鍋を出した。中川さんは椿の木から離れて待っていた。

椿の木から離れたところで鍋にペットボトルから水を注ぐ。2リットルのボトルを空にして、リュックにしまい、また出して水を入れるというのが地味に面倒だ。でもお湯を沸かさないと毛を毟《むし》るのがたいへんになるからな。半ばため息混じりに作業をしていたらヘビが戻ってきた。

『彼方、参れ』

「え？　今作業してるんだけど……」

『いいからついてくるがよい』

「この水だけ入れてから！」

「山田君。私がお湯を沸かしておくわ」

「え？　いいの？　じゃあ、頼むけど……」

俺は俺の肩に乗っているミコを見た。

「ミコ、お前の仲間に、中川さんをよく頼んでおいてくれ。絶対に危害を加えたりしないでほしい。中川さんは俺の……仲間だから」

クラスメイトと言っても通じないだろうと思って一瞬止まったのだ。決して好きな人だからと言おうとしたわけではない。……危なかった。

ミコは了承するようにクククッと喉を鳴らし、一度俺から下りた。そしてキキキィー！と威嚇するような音を出した。それで通じてるんだよな？　マップを確認する。赤い点は近くにはない。黄色い点が周りにいっぱいあり、俺の側に青い点が2つある。

「中川さん、じゃあよろしく」

大丈夫だと判断して、俺はヘビについていくことにした。もちろんミコはまた俺の上着の内ポケットの中に入った。

いったいなんだろう。

ヘビについて安全地帯を出て竹林を少し進んだら、少し段差のある場所についた。こちらからすると1メートルぐらい高くなっている。その段差の下の方から水が出ているのがわかった。

「えええええ……」

まさかこんなところに水場があったとは……全然知らなかった。水の流れは少しあるもののまた土に沁《し》み込んでいってしまっているようだった。地下水がここで露出してまた水が沁み込みやすい場所で沁み込んでいっているという状態なのか。川にはならないけど水の流れがあったんだな。

いわゆる湧き水を安全地帯の側で見つけたことで、俺は脱力した。

「こんなところに……」

こっちは木々のある方からすると反対側だ。安全地帯の北側の竹林には足を踏み入れていなかった。だって近くに墓作っちゃったし。一応墓参りっぽいことは3日にいっぺんぐらいしてたんだけどな。もう少し骨になった彼があそこにいた理由を考えればよかったなと思った。

でも、とまた疑問が生まれる。どうして竹林の中で暮らさなかったのだろう。こんなに安全な場所はないのに、と思ってからまた、あ、と気づいた。

竹の成長は凄まじく早いのだ。

竹林の中に家を作ったとしても、竹はどこから生えてくるかわからない。朝芽を出して、昼過ぎにはどんどん育っていく竹。せっかく作った家が竹で串刺《くしざ》しにされてしまうかもしれない。そう思ったら竹林になんて恐ろしくてとても住めないだろう。

「そっか……だから彼は竹林の側のあそこにいたんだ」

できるだけ安全な、水場が近い場所といったらあそこだったのだろう。やっと骨の主があそこにいた理由がわかってちょっとすっきりした。

この水場から安全地帯までゆっくり歩いて5分ぐらいである。安全地帯の中に水場はないが暮らしていくには十分と言えた。何せここは平地だ。山の中じゃない。ここから1メートルぐらいの段差があるが、土地が更に上がっているようには見えなかった。もしかしたらこの先には山があるのかもしれないけど。

「スクリ、水を見つけてくれてありがとう」

『大したことではない。同族は同族と過ごすのが一番だ。里佳子はメスで彼方はオスだろう』

「ぶっ！」

な、なななんてことを言うんだ！　そそれにいったいなんの関係があるというのかっ！

（動揺が激しい）

「……ヘビって、オスとメスが出会ったらすぐそういうことになるのか？」

『発情期に出会えばそうなるな』

「……人間はそんなに簡単じゃないんだよ」

『人間はいつでも発情していると聞いたが？』

まぁ言われてしまうとその通りだが。

「それ、中川さんに言うなよ」

俺は釘《くぎ》を刺した。ヘビは不思議そうに頭を傾けた。

『何故だ？　彼方は里佳子に好意を持っているだろう』

「ぶっ！」

何故そんなことがすでにバレているのかっ!?　そんなに俺の態度はわかりやすいんだろうか。

中川さんには……まさかバレてないよな？

「だから……そんなに簡単に考えられるもんじゃないんだって……」

今はまだそれどころじゃないし。俺はポリ袋に湧き水を詰め、リュックに括りつけて運ぶことにした。今度竹で籠《かご》でも編むことにしよう。ポリ袋もリュックの中からいくらでも出せるしな。45リットルの袋を何枚か入れておいてよかった。

でもなぁ、まさか異世界トリップに備えて荷物は詰めないだろ？

『人間とは面倒じゃのう』

ヘビがまだ言っている。

「つーかさ、まだそれどころじゃないんだよ。ここがどこかも俺たちは知らないんだからさ」

『それもそうじゃな』

これについては同意してくれた。

『乗れ。そなたの歩みでは日が暮れる』

「そんなことはないだろ？」

そうは言っても乗せてもらえるのは素直に助かる。地上を滑っていくからか、多少は上下するがそのましがみついて耐えられないほどではない。荷物がある時は非常に頼もしい。

「ありがとう。さっきのクマもどきも運ぶのを手伝ってもらえると助かる」

『お安い御用《ごよう》じゃ』

どこでそういう言葉を知るんだろう。それとも異世界に来たことで勝手に翻訳機能的なものが働いているんだろうか。疑問が次から次へと浮かぶ。聞きたいことをまとめておかないと話がどこまでも脱線していきそうだ。

俺の倍ぐらいのスピードでヘビは原っぱに戻ってくれた。

「ただいま」

わざわざ中川さんの側まで運んでくれたのは親切なのかそれとも。邪推《じゃすい》してもしょうがない。

「山田君、おかえり！　お湯が沸くのは……きゃっ……！」

近づいてきた中川さんに対して、今まで静かにしていたミコが内ポケットの中からいきなり顔を出した。

「ミコ？　中川さんを驚かせちゃだめだろ？」

ミコの頭をなでなでする。はー、やっぱ手触り最高。ミコはもっと撫でろというように頭を手に擦《こす》りつけてきた。はいはい、いくらでも撫でますよ～。

中川さんは苦笑していた。待たせてすまないとは思ったけどミコはかわいいのだ。

「山田君って……鈍感《どんかん》とか言われない？」

「え？」

そんなこと今まで一度も言われたことはない。

「いや、ないけど？」

「そっかー……」

中川さんが笑う。

「あ、そうだ。ここから歩いて5分ぐらいのところに水場があったんだ」

リュックを下ろす。リュックに括りつけたポリ袋を外し、これが水だと中川さんに見せた。

中川さんは目を見開き、我がことのように喜んでくれた。

「本当に？　やったじゃない！」

「スクリが見つけてくれたんだ」

「スクリ、すごーい！」

2人でヘビを讃《たた》える。ヘビはまんざらでもないように目を細めた。

『我にかかれば造作もないことじゃ』

「そっかー、水場があったのかぁ……」

中川さんが呟く。

「うん、これで生活がもっと快適になるよ。あ、でも……せめてここがどこなのかとか知りたいよな。中川さん、スクリに聞いた？」

「あ、うん。なんか、ここって深い森の中心地みたいよ」

「え」

中心地とはどういうことか。最深部ってことか？　それとも距離的に言って真ん中って意味だろうか。どちらにせよ、森から出るのはとてもたいへんそうだということは伝わった。

あー、どうすっかなー……。

小さめのクマもどきをスクリと共に運び、その後は中川さんと一緒に作業をした。解体していたらいつの間にかイタチたちが近づいてきていた。はいはい、ごはんはまだ待ってくれよ～。用意してある竹筒にレモンの搾《しぼ》り汁を入れる。これでビタミンCはばっちりだ。肉を食べやすい大きさに切り分け、俺たちの分は新聞紙にくるんだ。いろいろ作業したとはいえ移動する前にイノシシもどきを食べたばかりだ。さすがに俺と中川さんはまだおなかが空いてはいなかった。

肉はそれなりに食べやすい大きさに切って新聞紙の上に並べる。

「食べてもいいぞ～」

と言ったらイタチがなんか竹筒を持ってきた。それ、調味料入ってるやつだよな？

「中身の確認だけさせてくれ」

受け取って蓋を開ける。マヨネーズだった。匂いで判別したらしい。頭いいよな。でもどんだけマヨネーズ好きなんだよ。

「いいよ。でも少しずつ使うんだぞ〜」

新聞紙の四隅《よすみ》にマヨネーズをある程度の塊《かたまり》で落としてやったらキュキュキュキュキュとイタチたちに鳴かれた。嬉しいのかな。イタチたちが喜んでくれるのは俺も嬉しい。

「山田君、それ何？」

「ああ、マヨネーズだよ。イタチたちが好きみたいでさ」

「マヨネーズ⁉」

中川さんは頭を抱えた。

「……その水筒だけで奪い合いが始まりそうだけど……それも山田君にしか開けられないのかな？」

「試してみようか」

「うん」

どきどきだったけど、水筒を中川さんに渡した。あんなに簡単に開いた蓋は、中川さんがどんなに回しても引っ張っても何しても開かなくなっていた。

「すごい、本当に開かない〜」

中川さんは感心したように言った。やっぱりこれも俺仕様のようだ。そろそろいろいろ真面目に考えなければいけないと思った。

ミコも俺と一緒にイノシシもどきを食べてきたからそれほどおなかは空いていなかったらしい。小さいクマもどきを少し齧ったただけで戻ってきた。その口元をタオルで拭《ぬぐ》ってやる。血まみれということもあるが、やっぱ怖く見えるんだよな。

「おやつでも食べるか……」

リュックからポテチを出した。途端に中川さんとミコが居住《いず》まいを正した。ミコ、どんだけポテチが好きなんだよ？　ま、俺も好きだけどさ。やっぱポテチには抗《あらが》えないよな。

ポテチの袋を全部キレイに開く。それからポテチの山を3つに分けてちょんちょんちょんとマヨネーズを袋の端につけた。

そして俺とミコと中川さんの2人と1匹で食べ始めた。

ミコは本当にポテチが好きで、しかもマヨネーズも好きだからけっこうなスピードで食べてしまった。中川さんがポテチにマヨネーズをちょっとつけてミコに差し出した。

「イイズナさん、どうぞ？」

途端にミコが挙動不審《きょどうふしん》になった。食べたいけど、取っていいのかどうかというかんじである。

「ミコ、くれるっていうんだからもらっとけば？」

俺が声をかけたら、ミコはパッと中川さんからポテチを受け取って急いでパリパリ食べた。そして椿の木の方へ向かった。

「余計《よけい》なことしちゃったかな？」

「いやぁ……そんなことはないと思うよ」

そう答える俺の顔はつい強張《こわば》ってしまう。やはりイタチたちが心を許すにはあの儀式が必要なのだろう。俺はもう勘弁してほしいけど。

「あ、イイズナさんおかえり〜。って、えー？」

ミコが流れるような動きで戻ってきた。口に芋虫を咥えて。ミコはそうしてその芋虫を中川さんの側に落とした。

「イイズナさん、これくれるの？」

俺は目を逸《そ》らす。やっぱり見たくはない。

「ありがとう。いただくね！」

中川さんはとても嬉しそうに芋虫を掴むと、マヨネーズをつけてばくりと食べてしまった。

「あ、おいしーい！　ごちそうだね！」

うん、味はいいんだ味は。見た目は勘弁してほしいけど……。ミコは気をよくしたのか、また椿の木の方に向かい、今度は２つ持ってきた。１個ずつ俺と中川さんの前に落とす。ミコさん、頼むから勘弁してください。

「またくれるの？　ありがとう！」

中川さんは上機嫌だ。俺は目をつぶって芋虫をいただいた。うん、うまい。なかなかにクリーミィでおいしい。でも見た目が嫌だ。やっぱりもういらない。

「おいしいね！　でも大事なごはんなんでしょう？　もう大丈夫。ありがとう、イイズナさんはー、改めてミコちゃんって呼んでいい？」

ミコは同意するようにキュウと鳴いた。仲良くなってくれたようでよかったなと思った。イタチたちは肉をある程度食べたら椿の木に戻っていった。

『ミコ、我にも芋虫をくださらないかのぅ……』

ヘビが控えめにミコに頼んだ。ミコがキュキュキュキュキュと鳴くとイタチたちが芋虫を咥えて何匹かやってきてヘビの前に置いた。

『感謝する』

ヘビはおいしそうに丸飲みした。あれでも味って感じられるものなのかなとちょっとだけ思った。

ある程度落ち着いたところでヘビから話を聞くことにした。ヘビにこの世界というか森のことなどわかる範囲のことを聞きたいと言うと、彼は快く頷いた。まだ残っている小さいクマもどきはヘビが食べてしまうことになった。

『獲物が多くて嬉しいかぎりじゃのう』

ヘビはご機嫌だった。

そんなヘビに聞くことといえば、ここはどこなのかからだ。

ここに来て約3カ月経つけど、俺たちの世界はあまりにも狭《せま》い。俺たちがいる場所がとても広い森の中だということはわかったけど、その広さは全く把握できないし、そもそもどんな生き物が住んでいるのかもわからない。ただ、俺たちを見て「人間だ」と言っていたからこの世界に人間はいるのだろう。なんでヘビが話すのかとかも聞きたいが、それは後回しだ。まずは現状を知りたい。

『そうさのぅ……どこから話したらいいものか……』

ヘビは俺たちの顔を見回して思案気に首を振った。

とりあえずいろいろ質問してみた。

ヘビに教えてもらった内容をまとめよう。

まず、俺たちがいる場所は広大な森のちょうど真ん中辺りらしい。この森のことは周りの国から「果てなき森」と呼ばれている。

さて、この森の広さだ。ヘビは俺が4時間かけて歩いた距離を約30分で踏破《とうは》してしまった。

そのヘビは一応森の外へ出たことがあるらしい。北方向へも南方向へもヘビの進む速度（俺たちを乗せていなければ倍のスピードが出せると言っていた）で3、4日かかるという。

確かヘビって1日の稼働時間は短かったよな？　ニシキヘビで1日に約18時間寝るんだっけか。そう考えると距離は単純に8倍では計算できないだろう。

「スクリ、その3、4日って1日にどれぐらい進んだのかな？　俺たちを運んだ時間ぐらい？大体の感覚で教えてもらえると助かる」

『ふむ……そなたらを運んだ時間を1とすれば、6か7ぐらいじゃろうか』

ヘビはとにかく頭がいい。すぐに俺が聞きたいことを理解した。

単純に俺たちが歩く速度が1時間4キロメートルとして、4時間で16キロ、それを30分で踏破したけど、俺たちを乗せてないと倍ってことだからヘビの速度は時速64キロだ。ハンパない。30分を1としてその6、7倍と考えると、最大で1日に200キロ以上（ざっくりである）、それを3日でと考えても森を出るまでに約600キロという計算だ。1日8時間歩くとして……あ、眩暈《めまい》がしてきた。

ということは、俺たちが森を出ようと思ったら18、19日ぐらいは考えないといけないだろう。ヘビが進むのに4日と考えたらもっとだ。

俺は青くなった。

とりあえず、ここは3日として計算してみよう。

中川さんに「どんなに急いでも20日ぐらいかな」と言ってみる。

「は、20日……そんなに歩かないと森の外に出られないなんて……」

中川さんはそこらへんのことをあえて聞かないようにしていたらしい。聞いて絶望してしまったら生きていけないと思ったからというのがその理由だ。うん、俺も1人で聞かされたら絶望しかないと思う。

「スクリ、もし、だけどさ。俺たちを括りつけて森の外に出るとか……」

一応聞くだけ聞いてみた。

『……かまわぬがさすがに報酬《ほうしゅう》を所望《しょもう》する。そなたがシシを2頭倒して丸々くれればよいが』

報酬についいては問題なさそうだ。それなら醤油鉄砲でどうにかなる。

「例えばの話だけど、スクリに乗って森の外へ出るにはどれぐらいかかりそうかな」

『ふむ……さすがに休まねば進めぬ故、日が5、6回沈《しず》むであろうな』

「5、6日か。それでも早いな」

移動手段の目途《めど》はついた。中川さんは、

「5、6日……スクリに乗せてもらっても5、6日……」

ぶつぶつ言っていた。気持ちはわかる。

その後は周辺の地形や国について、ヘビに知っている範囲のことを教えてもらった。

どうもこの森は高い山の間、いわゆる谷のような場所に広がっているという。西の山の向こうにはでっかい水があるらしい。多分それは海なんだろう。そして東には高い山がいくつも連なり、山脈のようになっているという。天然の要害《ようがい》だな。しかもこれらの山は非常に高く険《けわ》しくて、雲の上まで続いてるらしい。ってことは最低でも２０００メートル以上の高さはあるのだろう。

この森は東西も直線で同じぐらい距離があり（つまりとても広い正四角形をイメージすればいいわけだ）、植生が豊かな分獰猛な獣が多いそうだ。それは人里が近くなれば更に増えるという。つまり、この辺りは獣が少ない方なのだと聞いて頭を抱えた。

気を取り直して周辺国についても聞いてみた。

北には額に角があったり、耳が尖っていたりする種族たちが集まって暮らしているそうだ。で、南には俺たちのような容姿の種族が暮らしているという。両方ともヘビからすると人間に見えるらしい。そういえば墓に埋めたしゃれこうべ、額に角があったな。きっと北から来たんだろう。

両方とも人口はそれなりに多く、作物や野生動物が獲れる土地がだんだん減ってきている。それ故か、ここ何十年かは森に入ってくるようになったそうだ。

『我が見た人間は、そなたたちを除けば2人じゃな。ひどく傷ついていて、我の住まう場所に着いてすぐに死んでしまった』

「そっかー……」

約20日はがんばれたけどあと20日は進めなかったんだな。それはしょうがないと思う。

「スクリが知ってる限りで、この森を抜けた人っているのか？」

『我は知らぬ。じゃが聞いたことはある』

「おおお……」

やはり踏破できた人はいたようだ。

『……それは我よりも他の場所に住んでいる者の方が詳《くわ》しいじゃろう。話を聞きたければ連れていってやるぞ』

「それって人なのか？」

『違う』

ヘビは首を振った。

「ええ、じゃあ何なんだ？」

『我と会話ができるのならばあの者とも話せるじゃろうて。ただのぅ、我に掴まって行っても日が2、3回は沈むであろうな』

「と、遠いんだね……」

中川さんが遠い目をした。

「その人？　をこちらに連れてくることってできないの？」

『できぬことはないが、それはあの者がそなたたちに会いたいと思えばじゃな』

「あー、そっか。そうだよな」

呼びつけるのはさすがに失礼か。でもこの世界についてもう少し情報が欲しいとは思う。人里だーって喜び勇んで行って身ぐるみ剥《は》がされちゃたまらないし、それにやっぱりなんかこっちの世界の人に召喚されたんじゃないかなって気がするんだよな。のこのこ出ていって勇者様ーとか祭り上げられても困ってしまうし。もっと気ままに過ごしたい。

「会いたいし話も聞きたいけど、ちょっと保留でいいか？」

『好きにするといい』

中川さんと少し話したけど、この森が異様に広いということがわかったぐらいだった。そしてどうも俺たちみたいな人間と、別のファンタジックな容姿の人間たちの国があるということはわかった。

「中川さん……俺たちってたぶん……なんらかの意思でこちらの世界に召喚されたんじゃないかな」

「うん、私もそう思うわ。もしかしたらその人たちの国で召喚とかしたのかもしれないよね」

中川さんも同意した。

どちらの国が俺たちを召喚したのか。それとも俺と中川さんは別々なのか。情報不足は否《いな》めない。

「スクリ、俺たちみたいな……別の場所から来る奴って見たことある？」

『我はないな。だがあの者は不思議な者に会ったことがあると言っていた』

「そっかー……」

じゃあやっぱりその生き物に会わないといけないだろうな。

と、その前に。

「中川さん、今夜はどうする？　住んでたところに戻る？」

「えーと……どうしようかな」

「こっちに泊まるなら急いで寝床作るよ」

「え。一応寝袋は持ってきてるよ～」

「少し高さがあった方がよくないかな？」

「あー、そっか。山田君の寝ているところ見せてもらってもいい？」

「いいよ」

1人より2人でいた方が心強いのは間違いない。でもヘビが運んでくれるのならば毎日一緒にいる必要はないかもしれない。

なんでこんなこといちいち考えるのかって？　だって男女じゃん。俺、中川さんのこと好きなんだよ。それと同時に、俺はヘタレなんです。もうなんとでも言え。

俺の寝床は椿の木の下にある。イタチたちの住居のすぐ下なので、中川さんはミコに許可を取った。

「おうちにお邪魔してもいいかな？」

こう、俺にじゃなくてミコに聞いていた。ミコは俺の顔を見てから少し間を置き、キュウと返事をした。ありがとう。

「ミコちゃん、ありがとう。他の、イイズナさんたちもありがとうね」

中川さんはペコリと頭を下げた。彼女のこういうところが好きだと思う。

ヘビはもうここで休むことにしたようだった。椿の木の側でとぐろを巻いている。今日は疲れたんじゃないかな。俺たちのことも運んだし。ゆっくり休んでほしいと思った。

「確かに、高さがあるといいかも。でもそんなに簡単に作れるの？」

「必要最低限の範囲分なら作れるよ。ノコギリがあれば尚《なお》いいんだけどな」

「あるよー」

「え。なんで……？」

中川さんが笑顔で、まさかのノコギリを持っていた。

「昨日山田君がリュックにしまってたごみも、こちらの袋に入れて処分したじゃない？　そしたら今朝ノコギリが手に入ったの」

「へー……」

リサイクル、なのか？　まぁノコギリがあるととても助かる。それだけで作業効率アップだ。

そんなわけで中川さんからノコギリを借り、竹を切ることにした。

竹がギコギコ切れるって幸せだなと思った。今までどれだけ石を割ったことか。鉈はあるけどやっぱ鉈じゃ竹を切るのは不向きだ。サバイバルナイフも竹なんて切るものじゃないし。とにかく文明の利器は素晴らしい。

中川さんの身長足す30センチぐらいの長さで切った竹を束《たば》ね、簡単なベッドを作る。中川さんは余分に切った竹を俺が言った通りに加工してくれた。ノコギリのおかげで真っ暗になる前に低いテーブルみたいなベッドが出来上がった。それを一度燻してから俺の寝床の隣に少し離して設置した。竹を2つに割ったものをベッドに対して斜めに立てかけ、その上からビニールシートをかければ簡単なテント型の寝床の出来上がりだ。

「すごーい、本当にベッドができちゃった！」

中川さんが感動したように手を叩く。それを真似てなのか他のイタチたちも同じようにぺちぺち手を叩いていた。なんだこれ、かわいいな。

それなりに暗くなってきたが、また火を熾して夕食の準備をした。飯盒でごはんを炊き、レモン果汁に飴を加えたものでビタミンCを摂り、昼間解体した小さいクマもどきの肉を焼いた。大きめに切り分けておいたので、イタチたちにもおすそ分けすることができた。ミコが一番多く取って食べていた。

「ごはんって、幸せだよね……」

中川さんが本当に幸せそうにごはんを食べていた。肉には味塩胡椒を振って食べる。

「調味料、素晴らしい～」

そう言いながら中川さんは嬉しそうに食べてくれた。片付けを終えたらもうすっかり暗くなったので寝ることにする。幸いこの安全地帯には夜魔獣が入ってきたことはない。朝方はあるけど。ここの魔獣って夜行性《やこうせい》じゃないんだろうか。でも、人が入ってくるわけじゃないから夜行性である必要もないか。

こっちが夜行性と勝手に思っているだけで夜行性じゃない動物はそれなりにいる。人里近くの生き物は人の目に触れないようにあえて夜活動しているのだ。

お互いシャンプーをして寝ることにした。身体を拭くのは自分の寝床でこっそりだ。中川さんの寝床にはビニールシートがかかっているから中は見えないようになっている。やっぱりプライバシーは必要だよな。

中川さんはこれからどうするのだろう。

俺は一度ぐらい人里を見てみたい気はするが、それはヘビにこの辺りのこととかをよく知る者を紹介してもらって、話を聞いてからの方がいい気がする。だからまずは話を聞きに連れていってもらわないといけない。まだまだ知らないこともあるし、きっとヘビの常識は俺たちとは違うからそこらへんも擦り合わせる必要があるだろう。

でも話せるヘビに会えたこと、そして中川さんに会えたことはとてもよかった。

いろいろ手探りではあるが仲良くやっていけたらいいなと思う。


翌朝は昨日運んできた水で顔を洗い、湯を沸かした。

これから竹籠を編まねばならない。植物の繊維で作った紐はけっこうあるからどうにかなるだろうと思いながら、細く切った竹を使ってはみたがよくわからなかった。こういうのって設計図を先に作った方がいいんだろうか。

「だめだ、うまくいかない……」

「……おはよう、山田君。何してるの？」

そんなことをしているうちに中川さんが起きてきた。

「竹籠を編もうとしたんだけどうまくいかなくて……」

「竹籠？　作ったことあるわよ。代わりに編もうか？」

「助かる！」

俺はけっこう不器用なのだ。だから代わりに作ってくれるというなら万々歳だった。

「じゃあ朝ごはん炊くよ」

「朝からごはんが食べられるのって幸せね。そうだ、私ふりかけ持ってきてるのよ」

「ふりかけもいいよな」

「一度山田君のリュックにしまってもらってもいい？」

「うん、いいよ」

「こんなことになるなら何種類か持ってくればよかった～」

中川さんが嘆《なげ》く。でもまさか異世界トリップするなんて誰も思わないだろうしなぁ。

そう思いながら今朝も水筒を開けた。

ん？　このドロドロのかんじは……。

遠い目をしたくなった。これはもう悪夢再びである。俺はため息をついて水筒の蓋を閉め、新聞紙を持って椿の木々が並んでいる反対側の端っこの木の側でポテチの袋を開け、その袋の中に今日の調味料であるタルタルソースを入れるだけ入れて逃げ帰ってきた。イタチたちはミコも一緒になって壮絶な戦いが始まったようである。

悪いがタルタルソースを抱えることでリスクを負いたくないのだった。

「……どうしたの？」

「……うちのイタチたち、マヨネーズとかタルタルソースとか好きでさ……特にタルタルソースだと目の色が変わるんだ」

俺はまだ死にたくない。

「そう、なんだぁ……」

中川さんは椿の木の向こうを見やった。ここからだと何をしているのかは見えないが、キーキーと争う声が聞こえるのでたいへんなことになっているのはわかる。

「卵が好きなのかもね」

「それだ！」

他に卵を使った調味料なんてあっただろうか。もうホント、命が惜しいので俺の側で争うのだけはやめてください。

『……たまごじゃと？』

それまで寝ていたはずのヘビが、いつの間にか近くに来ていて呟いた。大蛇《だいじゃ》がすぐ横にいるとか、ホント心臓に悪い。

「卵を材料にした調味料があるんだよ」

『卵などそのまま食えばよかろうに』

ヘビは不思議そうに言う。確かにその通りだが、マヨネーズはそれなりに好きなので返事はしなかった。

イタチたちの争いはそれほどかからずに終わったようだった。

タルタルソース争奪戦から戻ってきたミコがいろんな意味でドロドロだったので、有無《うむ》を言わさず洗った。

いやあ、お湯を沸かしておいてよかったなぁ。

問答無用で洗ったせいか噛まれたし引っかかれた。しかし勝ったのは俺だ。

おかげでふかふかになったミコだが、現在中川さんの首に巻きついてキーキーと俺を威嚇している。だってあの状態でくっつかれたら俺も汚れるだろ。

中川さんはもふもふに巻きつかれて幸せそうだ。

「ミコちゃん、山田君はミコちゃんをキレイにしてくれたんだよ～」

そう言いながらも頬が緩んでいる。

俺はミコのご機嫌取りでサバの水煮缶を出した。サバを洗った湯と残り汁でスープを作って

（調味料で味を調《ととの》えただけだ）中川さんに渡す。ツナ缶とマヨネーズを混ぜておかずにした。

「朝からツナマヨごはん……なんて幸せなのぉ……」

また中川さんが感動している。ツナマヨはミコにも少しあげた。目がまん丸になってすごくかわいかった。ごはんのあとに口を拭いたらミコは俺のところに戻ってきた。

「許してくれたのか？　ありがとう」

優しくミコを撫でる。ミコは気持ちよさそうにククククッと喉を鳴らした。かわいい。

「イイズナさんてかわいいよね〜。私のところにも1匹来てくれないかな〜」

こんなにいっぱいいるならとかは考えるけど俺が飼ってるわけじゃないし。

『1匹では来ぬじゃろう』

目を閉じていたヘビが口を挟んだ。また寝たのかと思ったが起きていたらしい。

「集団じゃないとだめってこと？　そうね。うちじゃこれといった木もないし……でもなぁ……」

中川さんは考えるような顔をした。そこでこの話はしまいになった。

彼女は手際よく竹籠を作り、更に背負う部分までくっつけてくれたのでとても助かった。中に新聞紙を敷いてポリ袋を2枚重ねにする。中川さんも自分の分を作ったので、２人で水汲《みずく》みに行くことにした。するりとミコが俺の肩に乗る。

ヘビには留守番《るすばん》を頼んだ。

正直言うと、俺は中川さんと暮らしたいと思っている。でも彼女を養える状態じゃない俺が言うのはよくないとも思うのだ。できればヘビも一緒に暮らしてほしいが、とりあえず聞いてみないとわからないだろう。

「はぁ……」

中川さんがため息をついた。

「どうしたの？」

「……ここにいたい。水場はちょっと遠いけど、私もう1人になりたくない……」

「うん」

俺だってそうだ。うちはイタチたちがいるからまだ騒《さわ》がしく暮らしていけているけど、中川さんたちが戻っていってしまったら寂しく思うに違いない。ヘビだってきっと四六時中《しろくじちゅう》中川さんの側についていたわけではないだろう。1人で心細い時間を過ごす日もあったかもしれない。

「でも、スクリと離れるのも嫌なの。……わがままだよね」

「そんなことないよ」

俺だってイタチたちと離れたくはない。ここから出ていくとして、ミコと離れ離れにならなきゃいけないと思ったら躊躇《ちゅうちょ》してしまうだろう。実際のところはわからないから、戻ってから

2人でヘビに聞いてみることにした。

『里佳子がここにいたいならここにいればよいではないか』

ヘビの返答はあっさりしたものだった。

「いいの？　でも、スクリは？　スクリもここで一緒に暮らせるよね？」

中川さんが頼み込むように言った。ヘビは軽く首を振り、『ふむ』と呟いた。

『縄張りを失うのは困る。じゃが、もしイイズナどもが我の土地を守護するというなら考えてやらぬでもない』

「ええ？」

やはり中川さんがいた場所はヘビの縄張りだったらしい。だからあまり魔獣も入ってこなかったのだろう。確かにヘビがいなくなったのが知れたら魔獣が入り放題になってしまうかもしれないな。それは避けたいことだった。

「イタチは集団行動なんだっけ？」

『イイズナじゃ。ここにいるこやつらは群れるようじゃ。ひと、ふた家族、我の縄張りを守護してくれるのならばかまわないのだがのぅ？』

ヘビがミコに話しかけた。

『椿の種をいくつか持って土に植えればすぐに木が育つじゃろう。どうかの？』

ミコは俺と中川さんの顔を交互に見た。ミコは話さないだけでヘビの言っていることがわかっているみたいだ。

「ミコちゃん、お願い！　私、ミコちゃんと山田君と一緒にいたいの！」

中川さんが必死で手を合わせた。

俺もできれば一緒にいたいと思うけど、イタチたちがあちらに引っ越すメリットはあるんだろうかと考えた。住み慣れた場所を離れるだけの魅力があの場所にあるのか？

「なぁ、スクリ。あっちってさ、こっちと違うところはあるのか？　なんか……イタチたちが暮らしていいこととかないと、移るっていうのも難しいような……」

『そうじゃのぅ……強いて言うならばあの近くには水場が点在しておる。故に鳥が多いことぐらいかの』

「鳥が多いのか。ってことは卵も産むんだよな」

『うむ。でかい鳥の卵は美味じゃ。イイズナでも1個を1匹で食べ切ることはできぬじゃろぅ』

イタチたちが何故かじわじわ近づいてくるのを感じた。やっぱり卵なのか。イタチたち、卵ラブなのか。なんか怖い。

「じゃあスクリもあっちから離れたくないんじゃないか？」

『卵も好きじゃがのぅ。解体された肉も食いたいのぅ』

どうやら自分で絞め殺した魔獣の味よりも、俺たちが解体した肉の味を好むようになったらしい。俺はミコを見た。

「誰か向こうに行ってもいいってのはいるか？」

ミコがイタチたちの方へするりと移動し、イタチたちに向かってキュキュキュキュキュというような音を出した。イタチたちが一斉に動き出す。あれよあれよという間に、15匹ぐらいが手に種のようなものを持って俺たちの前に来た。この15匹が移住者のようだった。

『ふむ。話はついたようじゃの、では参ろうか』

「あっ、私も荷物取りに行きたい！」

中川さんが手を挙げた。

『里佳子はしばしゆるりとしておれ。では参る』

イタチたちはヘビにくっついた。見るからに滑りやすそうで大丈夫だろうかと心配になり、ポリ袋を加工してイタチたちが入れるようにした。ヘビは木の上を飛んで移動するというので紐でしっかり縛って括りつけた。イタチたちが振り落とされないように、袋の上に簡単な蓋をつけた。顔が出ない程度の空気穴はいくつも開けてあるので袋自体にしがみついていれば大丈夫だろう。ポリ袋も3枚重ねだ。丈夫なポリ袋を買っておいてよかったと思った。もちろん空気穴がけっこうでかいから、着いてから穴を齧れば簡単に出られるようになっている。

「じゃあ頼むな。あとで俺たちも行くから」

ヘビにイタチたちを頼んで送り出す。ヘビはあっちに着いたらイタチたちを降ろして戻ってきてくれるそうだ。で、中川さんと俺を向こうへ連れていってくれるらしい。さすがに大きい荷物ばかりなので戻りは徒歩だろう。片道だけでも乗せてってくれるのはありがたい。

誰かが側にいてくれるなんて、それ以上の幸せはないだろうと思った。

6章　ヘビの縄張りにまた移動してみる

　ヘビはとんぼ返りしてきたようで、1時間とかからず戻ってきた。

「あれ？　スクリ、早かったね～」

　中川さんがのん気に言う。

『……我1人であればなんということもない』

　そういうことだ。俺たちは準備して待っていたが、ヘビに乗せてもらうことになるのでヘビのペースに合わせる。

「スクリ、ありがとう。スクリのいい時にお願いね」

　中川さんが微笑《ほほえ》んで言った。ヘビは機嫌よさそうに身体を揺すった。

『……よい顔をするようになった。やはり同族は同族と共にあるべきじゃ』

　俺は中川さんのことが好きだから嬉しいけど、彼女はどうなんだろうな。彼氏に会えなくて寂しい気持ちをクラスメイトの俺で紛《まぎ》らわせられるならかまわないとは思う。

　今までは生きることに必死だったから忘れていたけど、俺たちはこの先どうなるんだろうか。元の世界に帰ることはできるのだろうか。もし帰れないとしたら、どうやって生きていけばいいんだろう。そこまで考えて俺は愕然《がくぜん》とした。やっとここが森の奥だと知っただけで、俺たちはこの世界のことを何も知らない。

「そうね。私は山田君に会えてとても嬉しかったわ」

「俺も、中川さんに会えて嬉しいよ」

にこにこしながら普通に返した。内心、嬉しいとか言われて心の中ではファンファーレが鳴り響いていたけど、どうにか表に出さないで済んだ。ここで思いっきり喜んだら引かれるのは間違いないだろう。がんばれ、俺。できるだけ平静を保つんだ！

今日はまだ魔獣の姿はマップに現れていない。毎日のように狩っていたからやっぱり減ったんだろうか。それとも他の要因か。他の要因と言われてもまだ見当もつかない。何せ情報が足りないし。

『そろそろ参ろうか』

「はーい」

「わかった」

ミコが俺の上着の内ポケットの中にするりと入った。すっかりそこが特等席になってしまった。ミコさんがかわいくてたまりません。

今度は中川さんをヘビの頭近くに括り、俺はその後ろに自分を縛りつける。これで行きは大丈夫なはずだ。荷物は最小限にしたつもりだけどリュックの重さは変わらない。重すぎず、軽すぎず、相変わらず不思議なリュックだ。紐は沢山作ってあるからうまく括りつければ一度で中川さんの荷物は持ってこられるだろう。ロープもあるし。

のん気にそんなことを考えていられたのは、ヘビが竹の上に登ってしまうまでだった。

「うわっ……」

声が出せたのはそれだけだった。頭の方と下の方ではヘビの動きによる影響が全然違った。昨日中川さんはここにくっついていたはずなのになんで彼女は平気だったのか。慣れなのか。それともやはり三半規管が強靭だからだろうか。

移動中の30分はとにかくたいへんだった。胃の中が何度もひっくり返りそうになり、リバースしなかったのが不思議なぐらいだった。おかげで着いてからしばらく動けなかった。そうだよな、下の方が揺れも激しいよな。

「山田君、大丈夫？」

「も、もうちょっと待ってくれ……」

気持ち悪くて死にそうだ。こんな状態で誰かのところへ案内してもらうことなんてできるんだろうか。

「そういえば下の方ってけっこう揺れたものね。次はやっぱり私が下にするね」

「え、いや……中川さんに負担が……」

「私は大丈夫よ？　なんかジェットコースターに乗ってる気分だから。スクリの頭近くの方が楽でしょ？」

「面目《めんぼく》ない……」

「やだなぁ、気にしないでよ～」

強い。その強さに憧《あこが》れる。三半規管とかって鍛えられるものなんだろうか。生まれつきもちろんあるだろうけど。

ミコもどうやら平気だったらしく、俺の頬をぺろぺろと舐めてくれていた。獣臭いけどとてもかわいい。そんなに心配しなくても大丈夫。しかしやっぱりかわいい。

「スクリ、ありがとな……」

やっとヘビに礼を言えた。

『……人というのは弱いものじゃのう』

「うん、ホント面目ない……」

中川さんがいた原っぱは水だけはすぐに手に入るということもあり、彼女がお湯を沸かしてホットレモンもどきを作ってくれた。レモン果汁だけでも持ってきておいてよかった。

「……ごめん」

「謝《あやま》らないで、そこはありがとうでしょ?」

「うん、ありがとう」

ミコが周りをうろうろしているから、冷めてから少しあげた。ミコは酸っぱそうな顔をしたけどもう一口は飲んだ。酸っぱいけど甘い。へんなかんじなんだろう。いちいちかわいくて癒される。

本当は動物と同じコップで飲んだりしたらいけないってことはわかってるんだけど、こっちの世界の動物ってどうなんだろうな?

やっと余裕が出てきて原っぱを見回すと、中ほどに何か生えているのが見えた。草よりも太く見えるそれに、俺は目を疑った。

「……え?」

立ち上がっておそるおそる近づいてみると、俺の胸の辺りまで木が生えていた。これはいったいどういうことなんだろう。昨日までこんな木はなかった気がする。イタチたちが木の側にいる。その木は1本だけではなかった。1メートルぐらいの間隔で5本ほど生えている。

「これって……」

「椿?」

いつの間にか近くに来ていた中川さんが呟いた。

「椿……ってえええ？」

そんなバカな。イタチたちはつい先ほど種を持って移動したばかりだ。その種を植えたからってこんな一気に育つはずがない。

「ジャックと豆の木じゃあるまいし……」

あれも一晩経ったらとかだったっけ。

『どうしたのじゃ？』

ヘビがゆっくりと近づいてきた。

「いや……昨日まではこんな木なかったよな？」

『あるわけがなかろう。我が連れてきたイタチたちが植えたのじゃから』

「えええ!?」

やっぱりそうなのか。でもなんでそんなに平然としてるんだ。この世界では当たり前のことなのか？　俺は混乱した。

『？　何をそんなに驚く？　土に種を植えれば生えるのは当たり前じゃろう』

いやいやいやいやいや。生えるのはわかるけど、生えてもこんなにすごいスピードで成長しないから。

「え……種を植えたら……こんな速さで生えるものなの？」

中川さんも呆然として呟いた。

『土の中に植えなければ生えぬが、土に埋めれば生える』

「それって……どんな植物でもこんな速さで生えるのか？」

今も椿の木は成長しているように見える。早送りされているみたいでなんか気持ち悪い。

『うむ。ある程度の高さまで生えれば止まるがのぅ』

「へえ……じゃあ野菜とか植えたらどうなるんだろうな」

すぐに野菜ができるなら種が欲しいと思う。でもこれはこの世界のスタンダードなのだろうか。この不思議な森限定の現象じゃあないのか？

『さあ、どうなんじゃろうのぅ』

ヘビが野菜を食べるとは聞かないからわかるはずもないか。

イタチは持ってきた種を全て植え、椿の周りで生える姿を見守っている。

本当に不思議なことばかりで、毎日驚いてばかりだ。退屈しなくていいな、なんてぼうっと思った。

見る間に椿の若木《わかぎ》が刻々とその姿を変えていく。この調子で生えていけば、夜にはいい寝床になるのではないかと思った。

「……不思議ね」

「うん、不思議だね」

本当に、不思議としか言いようがない。

人間本当に不思議なことに出会うと語彙がなくなるらしい。いや、俺がただ単に言葉を知らないだけかもしれないけど。

某アニメ映画を思い出し、ちょうどいい葉っぱのようなものはないかと探してしまう。木々がある方だよな。マップを見れば赤い点があったけどけっこう遠い。葉っぱを探すぐらいなら大丈夫だろう。

「ちょっと待ってて」

自分でもバカだとは思う。でもなんかさ、葉っぱ持って上下させるミコとか見たいじゃん。赤い点の位置を確認しながら大きめの葉っぱをいくつか取った。これ蓮《はす》の葉じゃないよな？もしかしてサトイモ？　あとでちょっと掘ってみるか。

「お待たせ」

そう言ってミコに葉っぱの茎《くき》の部分を両前足で持ってもらう。ミコはきょとんとした。俺も同じようにして、

「ミコ、この葉っぱをこう上に持ち上げるようにして、育てー！　って思ってみて」

「えええ」

中川さんが声を上げた。

俺もミコと同じようにして茎を両手で持ち、「育て、育てー！」と唱えてみた。単純にやりたかっただけです、ごめんなさい。中川さんの目が非常に痛いです。でも好奇心には逆らえませんでした。って、俺は誰に言い訳をしているのか。

ミコも俺の方を見、同じように立って両前足で茎を持ちながら何度もゆっくりと上下させてくれた。こちらをちらりと見て、合ってる？　と聞いているみたいだ。ミコさん付き合いよすぎです。愛してます。

感動していたら、目の前の椿が先ほどよりも明らかに早く育ち始めた。

「マジか」

イタチたちが近寄ってきて下に置いた葉っぱをミコみたいに持つ。そして俺たちのように立ち、前足で大事そうに持って上下させた。

「うわ、やっぱト〇ロなのか……」

「山田君！」

「はい！」

「私もやっていい!?」

「どうぞ！」

大歓迎だ。残っていた葉っぱの茎を持ち、中川さんもお付き合いしてくれた。さすがにト○ロの木ほどは大きくならなかったが、椿の木はぐんぐん伸びてある程度のところで止まった。うちの安全地帯の木より少し低いぐらいである。これぐらいの大きさならイタチたちも安心して暮らせるだろう。

「ト○ロは本当にいたのね……」

中川さんが呆然としたように呟く。いや、ト○ロはどうだろう。でも本当にあった話でもいいかもしれない。イタチたちは葉っぱを放り、ミコのところへ集まってわちゃわちゃし始めた。ありがとうって言ってるのかな。キュイキュイ言っててかわいい。なんかほっこりした。

「山田君がト○ロの真似事をし始めたのには引いたけど……」

やっぱり引かれたらしい。心はいつでも小学生ですみません。

「でも、常識に囚《とら》われちゃいけないんだってこともわかったわ。ところでこの葉っぱって、どこにあったの？」

「あっちに生えてたよ」

「あっちかぁー……」

原っぱと、木々の境界の向こうだ。中川さんは肩を落とした。

「この葉っぱサトイモっぽいんだけどな……」

中川さんもそう思ったみたい。だからといってそう簡単に掘りに行くことはできない。

「掘り返すヒマってあると思う?」

「うーん……今はやめた方がいいかもしれない」

なんかマップの赤い点が近づいてきているように見える。

「とりあえず……荷物をまとめようよ。弓も持っていくんだよね」

「うん、ありがとう」

さりげなく中川さんを縄張りの真ん中より奥へ誘導した。そうしてから急いで醤油鉄砲を出す。入ってこないならいいが入ってきた時はコイツの餌食《えじき》だ。醤油鉄砲ってとこがさまにならないけどな。

ヘビが側に来た。

『相変わらずの察知能力よのぅ。人にしておくのが惜しい』

「はは……」

苦笑する。俺は人で十分だ。ミコも戦闘態勢をとっている。

ドドドドドドッ!!

何か重いものが走ってくる音が離れたところから聞こえてきた。

「え?　ええ?」

中川さんが戸惑《とまど》いの声を上げた。大丈夫、俺もミコもヘビもいる。問題ない。

つーか、なんでこういうタイミングで攻めてくるのかな。木々のある方を見据えて醤油鉄砲を構える。撃ったら急いで離脱だ。あとはきっとヘビがどうにかしてくれる。

ブオオオオオオッッ!!

でっかいイノシシもどきだった。俺は狙いを定めて撃ち、急いで逃げた。

プギイイイイイイッッ!?

どうやらうまくかかったらしい。俺はそちらを確認しないで一目散に走った。そうしないと俺も轢かれて相打ちになってしまう。心臓だの頭だのうまく狙えたって、獲物がすぐに倒れて死ぬわけじゃない。何メートルかは走って襲いかかってくると思っていた方が正しい。足を本当に止めるには、落とし穴でも掘っておくしかないのだ。

『その醤油鉄砲というやつは万能じゃのう。すぐに死んだわい』

ヘビが満足そうに言う声に、俺はようやく足を止めた。どうにかなったようだった。

ぜえはあと荒い息を吐きながら確認する。

マップ上の赤い点は消えたから、もう近くに魔獣はいないのだろう。これだけ全力で走って逃げているんだから少しは足が速くなっただろうか。いや、速さはまた別か。

「お疲れ様」

「ああ、ありがとう……」

目の前に水を入れたコップを出された。ありがたい。一気にどっと汗をかいたところだった。さすがに狩りはまだ慣れているとは言い難い。でも毎回怪我《けが》もせずに倒しているんだからラッキーだと思う。

中川さんはじろりと俺を睨《にら》んだ。

「知ってたんでしょ。イノシシが来ること」

「え？　あ、うん……」

「今度は参加させてね。それ飲んだら解体しましょ」

「うん」

それでどうにか許してもらえたようだった。別に狩りは男の仕事とか言うつもりはないけど、中川さんには安全なところにいてほしかったんだ。でもまたあの弓は見てみたいから、今度は一緒に狩れたら狩りたいとも思った。

疲れたけど、その後イタチとヘビに見守られながら俺たちはイノシシもどきの解体をした。ごはん大事。

いいかげん腕がだるい。

袖《そで》をまくった腕が日々逞しくなっているのを感じるのは嬉しいけど、きっとこの世界の人たちは俺なんかよりよっぽど筋肉質なんじゃないだろうか。

あのしゃれこうべの主はこの世界の人々の基準でどれぐらいの体格なのだろうか。上位ならいいのだがあれが標準だったら俺なんかひょろひょろもいいところだ。何かあった時勝てる気がしない。いや……できるだけ闘《たたか》いは回避したいけど。

シシ肉もどきはここで調理していたら夜になってしまいそうだったので、一部新聞紙に包んで持ち帰ることにした。ヘビは自分の分は言われなくてももりもり食べている。でもきっとうちの安全地帯に戻ったら食べるだろうから肉は多めに取った。残りは置いていくが、きっとイタチたちがおいしく食べてくれるだろう。運んでもらえそうなものはヘビに括りつけ、手で持っていかなければならないものは自分たちに括りつけた。ヘビの縄張りの一番の問題は、竹林までの間に普通の森部分が50メートルほどあることだ。

マップを確認する。幸い赤い点は見えない。今のうちに移動しておいた方がよさそうだった。

「それじゃあ、元気で」

イタチたちに手を振る。また来ることもあるだろうが、とりあえずはさよならだ。結局ミコ以外はあまり見分けがつかなかったけど、それはそれでいいのだろう。マップ上の彼らは黄色い点から変わらなかった。もちろんヘビの黄色い点も変わらない。そして中川さんとミコの青い点も。

「中川さん、走れそう？」

「がんばるわ」

中川さんが顔を強張らせてぐっと拳《こぶし》を握りしめた。

俺が先頭、中川さんが真ん中、ヘビが殿《しんがり》で竹林に駆け込むことにした。竹林に駆け込んでしまえばあとはうちの安全地帯に向かって歩くだけである。自分の荷物だから全部自分で運ぶと中川さんは言っていたが、途中で俺が持ってもいいだろう。弓だけはどうしても自分で持ちたそうだからそれでいいと思う。

『どうじゃ？』

「気配はないな」

『我もじゃ』

魔獣を示す赤い点はマップ上には見えない。だがマップ上に出ないものがいるかもしれないし、マップの外から突撃してくることもあるかもしれない。とにかく過信は禁物だ。

「行きます！」

ヘビの縄張りを出て、竹林に向かって走る。6秒？　7秒？　どんなに長くても10秒は経っていないだろう。たったそれだけの時間がとても長く感じられた。

森の中はとにかく危険だ。

どうにか竹林の中へ走り込む。たかが50メートルほどの距離だというのに全身から汗が噴き出した。

「こ、ここ、まで来れば……」

『ああ、大丈夫じゃろう』

中川さんが息を切らしながら呟く。ヘビがそれに同意した。

ほっとした。多分、もう大丈夫だ。あとはうちの安全地帯に向けて歩いていけばいい。

『では我は先に参るぞ。そなたらはゆるりと参るがよい』

「スクリ、ありがとう。よろしくね」

「スクリ、よろしく」

重いものはスクリが持っていってくれるからかなり楽だ。それでも4時間は歩くことになる。行き来するにはちょっと遠い距離だなと思った。

「落ち着いたら……食べられる植物とか探してみたいね」

「うん、そうだね」

なんとなくだけど、この森はけっこう食材が豊富な気がする。魔獣をもっと手際よく倒せるようになったらちょっと調査してみたい。今は竹林の中を歩いているから見えないが、この間竹林の側を歩いていた時茶の木っぽいものを見つけていたのだ。あの葉を洗って揉《も》むだけで、もしかしたらお茶が飲めるかもしれない。

体力温存のため、ほとんど黙って歩いた。途中方位磁針を確認したり、水分補給をしたり飴を舐めたりして、どうにか日暮れ前までに安全地帯に戻れた。さすがに慣れない道を16キロ(約4時間の距離)も歩くのは骨が折れた。

でも慣れたのかなんなのか、時計を確認すると辿り着くまでに3時間しか経っていなかった。1時間も短縮できるものなのだろうか。方向がわかっているというのもあるだろうけどどうにも不自然だ。

「や、やっと帰ってこれた……」

『おお、戻ってきたか。これを外してもらいたいのじゃがのぅ』

「あ、うん。外す外す。ありがとう」

中川さんの荷物をヘビの側に下ろしてから、ヘビに括りつけた紐を解《ほど》いた。荷物をその場に下ろす。中川さんもこちらにゆっくりと近づいてきてからようやく荷物を下ろした。

「山田君、ありがとう」

「いやいや」

途中から中川さんの荷物を半分受け取って運んだのだ。でもそんなことは当たり前だと思った。荷物持ちだってなんだって適材適所だ。

『そろそろで日が暮れそうじゃのぅ』

「荷物、どうしよう……雨降るかな」

中川さんが困ったように呟いた。俺は椿の木を眺めた。今夜はどうだろうか。

俺の寝床の上には竹で作った屋根が二重になっている。雨が降る前、イタチたちは屋根と屋根の間にいることが多い。今日は1匹もいないから多分降らないだろう。毛の状態とかで雨が降りそうとかわかるみたいだ。

「寝床の側に置いた方がいいかな。運ぶよ」

「ええー……悪いよ」

「力仕事ぐらいでしか役に立たないからさ。荷物は運んでおくから、代わりに肉を焼いてくれないか？」

「うん！　焼肉のタレもらっていい？」

「いいよ」

定期的に焼肉のタレも出てくるからタレの入った竹筒もある。俺はその竹筒と肉を中川さんに渡してから、彼女の荷物を寝床の側に運んだ。段ボールを敷いた上に置く。段ボール、持ってきててよかったよな。使ったらまたリュックの中にあるし。ああそうだ、中川さんの寝床の上にも改めて屋根をつけないとな。明日天気がよかったら屋根を作ろうと思った。ミコが俺の上着の内ポケットから顔を出し、するりと俺の身体を伝って下りた。胸のところにあったぬくもりがなくなってちょっと寂しい。

でもきっと肉が焼ける匂いがしてきたら戻ってくるだろう。俺は黙々と作業をする。彼女の荷物はさほど重さはないが多少かさばる。テントもあるから寝床をもう少し広く作ってあげるとちょうどいいかもしれない。ここに来てから気づいたのだが、俺はけっこうもの作りが好きみたいだ。何を作ったらいいかあとで相談してみよう。

ふと中川さんの方を見ると、ヘビが肉の塊をもらって飲み込んでいた。そうなんだよな、基本ヘビって丸飲みなんだよな。それなのに自分で締め上げて殺したのとそうでないのとで味が変わるものだろうか。なんだか不思議だなと思った。

『正確に言えば……匂い、じゃな』

「匂い？」

ヘビに味覚について聞いてみたら、やはり丸飲みが基本なだけあってそれほど味がわかるわけではないらしい。だが自分で締め上げて殺したものと、俺の醤油鉄砲とかで倒したものは匂いが違うそうだ。醤油の分か？　と思ったけど締め上げて殺すと内臓から骨から一緒くただから喉ごしも変わるのかもしれない。あんまり想像したくはないけど。

ヘビは味覚が発達していない分嗅覚《きゅうかく》が鋭いようだ。その嗅覚でこの森の魔獣が近くにいるのとかもわかるのかもしれない。そういえばこの森って無風の時はない気がする。木々や竹があるから強い風が吹いてもそれほど影響はないが、山から吹き下ろす風なのか東西から吹いてくるようだ。そういえばこの森はものすごく高い山の間にあるんだよな。でも直線距離で歩いて40日ぐらいかかる距離らしいけど。……どんだけ広いんだよ、この森。それにどんだけ高い山なんだよ。異世界こわい。

「すっごく高い山がこの森の東西にあるって聞いたけど……。雲より更に高いんだろ？　しかも西の山の向こうにでっかい水があるって……スクリは行ったことあるのか？」

『我はないが、それを知っている者はいる。どうしても知りたいというのならば明日にでも参ろうか』

「いや、そこまで急いではいないよ」

中川さんもそれには頷いた。

「私も……そんなに急がなくていいと思う。私たちがなんのためにここに来ることになったのかは知りたいけど……」

「それは俺も知りたいな」

それを知らないことにはこれからの方針も決められない。でももう今日は暗くなってきているから寝ることにした。

実はリュックの中に歯ブラシと歯磨き粉のセットも入っていた。(しばらく気づかなかった)素晴らしいとは思ったが、親はいったい俺がどこまで行くと思っていたのだろう。俺はちゃんと二果山に行くと言って出てきたというのに……。

現状はありえないほど遠くに来てしまった。しかも帰れるかどうかも未知数だ。だがそれは口に出さなかった。そんなことを言ったら中川さんが絶望してしまうかもしれない。それはどうしても回避したかった。

急いで寝床の準備をして余分に入れてあった上着とビニールシートを被って横たわる。すぐにミコが俺の横に潜り込んできた。思わずにまにましてしまう。中川さんにも誰か寄り添ってあげられたらいいのにな。

世界が静かすぎて虫の声がよく聞こえる。風の音、何かが動く音、屋根の上でガサガサと動く音、いろいろだ。

俺の寝床から2メートルぐらい離れたところに中川さんの寝床がある。だからここでミコに話しかけたら全部丸聞こえだろう。イタチたちのうち1匹でも中川さんを気に入って一緒に寝てくれたらいいのに。この毛を撫でるだけでも気持ちは楽になるだろう。

そんなことをつらつら考えながら、いつの間にか俺は寝てしまった。

7章　まずは生活拠点を快適にしよう

朝はペットボトルの水でお湯を沸かす。さすがに朝飯を食べてからでないと力が出ない。火を熾してお弁当箱からおにぎりを出し、醤油を少し塗ってあぶった。醤油の香ばしい匂いが漂い始めると中川さんが起きてきた。

「おはよう、山田君。いい匂いね……」

「おはよう。醤油を塗った焼きおにぎりだよ。食べるだろ」

「ありがとう。朝から焼きおにぎりとかすっごく幸せ……」

中川さんが本当に嬉しそうに笑んだ。卵は絶対にあげられないのでさっさと食べてしまった。たんぱく質は肉で摂れるからいいと思う。ゆで卵が好きでしょうがないだけだ。いつまでもとっておくとミコに食べられてしまう危険性もある。

中川さんはペットボトルの水で顔を洗うと、やっと目が開いたようだった。

「あとでシャンプー借りていい？」

「いいよ。あとで水を汲んでこよう。洗濯もしたいし」

「そうね」

洗濯っつってもごみとか目立った汚れを取ってから煮るだけなんだけどな。ムクロジの皮を手に入れたから少しは汚れが落ちていると思いたい。

「中川さんがこっちに住むことになったから、ちゃんといられる場所を作るよ。まずは屋根を作ろうと思うんだけど」

「え？　いいの？」

「うん。屋根はうちのと繋げて角度を少しつければいいだけだし。二重に作るからちょっとイタチたちの足音とかでうるさくなるかもしれないけど」

「ありがとう。じゃあ、洗濯は私がやるわ！」

「それは助かる」

缶詰を出してそれも食べた。ミコにはサバの水煮缶だ。おいしそうに食べてくれるから嬉しい。オイルサーディンはさすがに脂《あぶら》っこかった。昼はちゃんと米を炊こうと話して、まずは水を汲みに行くことにした。

行きは、ミコが俺の肩に乗っている。帰りは邪魔をしないようになのか上着の内ポケットに入る。ミコの気遣いがとても嬉しい。

「明日はタケノコでも掘るかな」

「そうね。タケノコも採れたてはそのまま食べられておいしいよね」

1人より2人。もちろんミコもいてくれるからとても嬉しくなってしまう。5分歩かなければいけないのは煩《わずら》わしいけど、それでもほぼ平地で水が手に入るというのは素晴らしい。日本みたいに蛇口《じゃぐち》から飲める水が出る国の方が珍しいのだと中川さんも言っていた。世界的に見ると、俺たちの常識って少数派だったんだな。

ノコギリを借りて竹を切る。自分だけで竹を切っていた時よりも遥かに楽だ。中川さんは洗濯をしてくれている。これはもしかしておじいさんは山へ芝刈《しばか》りに……とかいうフレーズと似通っているのではないだろうか。いや、ここは竹林だ。だとしたら竹取物語か？　竹が光っていてもほっておくことにしよう。あの話、マジで意味がわからんし。

昔話繋がりだと、浦島太郎もなんで玉手箱を持たされたのかわからんよな。昔話は不思議でいっぱいだ。そんなことを考えながらそれなりに竹を切ることができた。さすがに手が痛いので少し手を振ったり手首を回したりして休ませる。

さて、作業はこれからが本番だ。俺は張り切って紐で竹を縛り始めた。

屋根を作ったはいいが一番たいへんなのは、椿の木の枝にそれを括りつけるという作業だ。ここの木はけっこう頑丈なので、どの枝に縛りつけるか決めるのは簡単だが紐をうまくかけるのが難しい。その頃にはヘビも起きていたので手伝ってもらった。ヘビさまさまである。

『これはなかなかよいものじゃのぉ』

「上に乗らないでください。落ちるんで」

紐はかなりしっかり作ったつもりだがそれでも素人《しろうと》仕事だ。ロープで補強もしてあるけど、ヘビが屋根の上に乗った日にはおそらく落ちてしまうだろう。

『それは残念じゃ。我用に1つ作ってはもらえぬかのぅ』

「落ちても文句言わないでくださいよ」

というわけで中川さんの寝床を更に拡張してからヘビ用の板っぽいのを竹で作った。椿の木5本ほど離れた枝と枝に紐を通して、水平になるように板を括りつける。基本ヘビは木の上か地面の上で寝ているのだが、板を作ったことで木の上の生活がより快適になると喜んでいた。でも全身を乗っけたら落ちそうだ。だってヘビ、でかいし長いもんな。どれぐらい重いんだろう。いや、俺の上には乗らなくていいですから。

そんなことをしている間に中川さんは洗濯を終えて干してくれたようだ。竹で作った物干《ものほ》し竿《ざお》がなかなか役に立っている。

竹ってすごいなと改めて感心した。

ついでに飯盒でごはんを炊いてくれていた。

思ったより時間が経っていたらしい。もう昼になっていた。

「今日の調味料って何？」

リュックから水筒を出すと中川さんとミコが凝視する。そんなに見られていると確認しづらい。俺は苦笑した。

今日はなんか色的にはベージュの、どろりとしたものが出てきた。なんだろうと味見したらゴマダレの味がした。ミコがふんふんと匂いを嗅ぐ。味見をしたそうだったので指先につけて差し出したらペロリと舐めた。

ゴマダレを舐めたミコは微妙な顔をしていた。よくわからなかったみたいだ。

「今日は……ゴマダレかな。それかゴマドレッシング」

「えー……野菜が欲しいねー」

そう言いながら中川さんは松葉を渡してくれた。ヘビに付き添ってもらって木々の方まで行き、取ってきてくれたようだった。ありがたい。でもさすがに松葉にゴマダレをかけて食べたりはしない。松葉はビタミン摂取《せっしゅ》用に咥えるだけだ。今のところ特につけるものもないだろうと竹筒に入れ替えようとしたら、マップの端に赤い点が見えた。

「……中川さん、ごはんはもうちょっと待ってくれるかな」

「あそこ、醤油が撒いてあるんだっけ？」

「うん、だから大丈夫だとは思う」

「じゃあ、練習だけさせて」

「うん、いいんじゃないかな」

中川さんはにこにこしながら弓を取りに行った。中川さんも大概《たいがい》戦闘民族だよな。ヘビが近寄ってきた。

『何か来たか』

「ええ、来たみたいです」

赤い点はあっちに行ったりこっちに来たりしながらどんどん近づいてくる。中川さんが弓を持ってきた。

「出てくるとしたらあそこらへんよね」

「うん」

ブオオオオオオオッッ!!

魔獣の雄叫《おたけ》びがとうとう聞こえてきた。慣れてきたとはいってもびっくりはするし、怖いことは怖い。中川さんがピンと背筋を伸ばして弓を引いた。その姿がキレイだなと思う。そうだ、この姿に俺は惚れたんだった。

「来るよ」

凛とした佇《たたず》まい。中川さんは木々の方を見つめ、魔獣が姿を現した瞬間矢を射った。

ヒュン、と飛んだ矢が魔獣に刺さる。

プギイイイイイッッ!?

断末魔の叫びを上げて、魔獣は5メートルほど原っぱに走り込んでからバタッと倒れた。醤油こわい。

「どっちかしらね?」

『足元と同時じゃろう』

「それならいいけど」

獲物にしっかり矢が刺さったからか、中川さんはご機嫌だった。

その後、死んでいることを確認してから解体して焼いたので、昼ごはんは多少冷めてしまった。今日はイノシシもどきだった。せっかく手に入ったのだからとゴマダレをつけて食べたらめちゃくちゃおいしかった。調味料は素晴らしい。


そんな風に拠点を作ったりなんだりしているうちにまた1週間が過ぎた。中川さんもだいぶここに慣れたらしい。ここに攻めてくる魔獣の数は明らかに減っていた。

『やはりへんじゃのぅ』

「何が?」

ついさっき狩ったばかりのシカもどきを焼きながらヘビに聞き返した。

『今までは1日も獲物が現れない日などなかったのじゃ。だがここのところ2日に一度ぐらいしか獣が現れぬと言っていただろう』

「ええ」

『これはもしかしたら獣の分布が変わったか、もしくはなんらかの要因で獣たちがどこかに集まっているのやもしれぬ』

「そんなことってあるんだ？」

俺は中川さんと共に首を傾げた。それは俺たちにとって吉報《きっぽう》なんだろうか。それとも凶報《きょうほう》なのか。

『彼方よ』

「なんだよ？」

『この地と森の間にもっとその醤油？　とかいうものを撒け。時間があるならば落とし穴を掘ると尚よいじゃろう。どうもあまりよくないかんじがするのじゃ』

「ええええええ」

きな臭いのは勘弁してほしい。もっと穏やかに暮らしていきたいんだが。

「スクリは、もしかしてその獣たちがここに大勢で攻めてくるかもしれないと思っているの？」

中川さんが真剣な顔をして聞く。

『その可能性はある、というだけじゃ。何がなくとも備えだけはしておいた方がいいじゃろう』

「それは、そうだな」

どちらにせよ俺たちに時間はあるのだ。杞憂《きゆう》ならいいが、そうでなかったら死んでしまうかもしれない。

「スクリはどうするの？」

中川さんが聞いた。

『我はよく知る者に会いに行く。我だけならば2日もあれば辿り着くはずじゃ』

「その人に聞けばスクリの懸念も解消されるのか？」

『おそらくは。人ではないが、アヤツに聞けば大概のことはわかるじゃろう。それよりも、アヤツが知らぬということほど問題じゃ』

「そっか。じゃあよろしく頼む」

『うむ。彼方よ、里佳子を頼んだぞ』

「うん、全力で守るよ」

それだけは間違いない。例え俺が死んだとしても、中川さんだけは守るって思う。

中川さんは困ったような、複雑そうな顔をしていた。

ヘビが言う、〝よく知る者〟に会いたいとは思っていたが、なんとなく中川さんも俺も先延ばしにしていた。

簡単に言ってしまえば、自分たちが元の世界に帰れないかもしれないということを知るのが怖かったからだ。何かをすれば帰れると言われたとしても、それが嘘だったらどうしようとかいろいろ考えてしまっていた。

もちろんこれは中川さんとも相談していない。なんとなくその会話を俺たちは避けていて、お互いに話し合ったりもしていなかった。ただ、そろそろさすがにこれからのことをどうするか話し合わなければいけないだろうと思う。だがその前にやることがあった。

スクリを送り出してから、俺は中川さんと顔を見合わせた。のんびりしている時間はない。マップ上に赤い点は見えないが、まず落とし穴を掘る準備を始めた。

例の鎧がスコップの代わりになる。ただ、どう穴を掘るかということも考えなければいけない。完全に魔獣を落とすつもりで深く掘るか、浅い穴を横長にいくつか掘るという方法がある。浅く掘る場合はその土砂《どしゃ》を掘ってないところに積めばそれだけで土の柵《さく》になるだろう。

「横向きに3本ぐらい、掘るか……」

完全に魔獣を落とすつもりで掘るには人手不足だし、そこまで深く掘ってしまうと俺が出られなくなってしまう。30センチぐらいの深さの穴を横長に掘って、それをこちらの原っぱに向かって3本作ることにした。木々の側には醤油と焼肉のタレを撒き、穴の中にも撒く。

最初の頃は鎧が重くてスコップとして使うのも苦労したが、いつの間にか軽々と扱えるようになっている。ここで暮らしているうちに筋肉がついたんだろうか。

「いくらあっても足りないわね」

残念そうに中川さんが言ったが、それはもうしょうがなかった。大量に攻めてくることを考えたらこれではとても足りない。最悪竹林に逃げ込んで暮らすことになるだろう。それでも、できるだけこの安全地帯を脅《おびや》かされたくはなかった。

赤い点を確認しながら、そうして俺たちは丸2日かけて落とし穴などを少し形にした。

「もう少しなんかした方がいいかしら？　落とし穴の下に斜めに切った竹を置くとか」

「もっと深ければそれもありだろうけど」

中川さんの言葉に俺は苦笑した。壁っぽいのを作って横に竹槍でもつけておいた方が効果的だろうか。槍の先に醤油を塗っておけばすぐに死ぬかもしれないが、それだと倒せてもせいぜい1、2頭である。作る労力に見合わないからやっぱり穴を掘るのが一番だと思った。

イタチたちには木々のある方には行かないよう言い、時には攻めてきたシカもどきを倒したりして4日が過ぎた。さすがにそろそろヘビも折り返してこちらに戻ってきている頃ではないだろうか。ヘビがただ話を聞きに行っただけならばだけど。

「スクリのことだから……もしかしたら他のところの様子も見に行ってしまったかもしれない

わ。最初のうちは側にいてくれたけど、けっこうほっておかれたもの」

「そっかー」

それは中川さんも寂しかったに違いない。

道理ですぐにこちらへ来ることにしたわけだ。ここなら俺もイタチたちもいるもんな。中川さんはいつの間にかイタチたちと仲良くなっていて、イタチたちの中でも黄色っぽい毛を持つ2匹が中川さんの側にいるようになった。他のイタチの毛の色はどちらかといえば茶色、というより赤茶っぽかったりする。

6日が過ぎた。そろそろヘビが帰ってきてもおかしくないはずだが、全然その気配がない。

「全く……今度はどこまで行ったんだか……」

中川さんがため息をついた。攻めてきたイノシシもどきをこれから解体するところである。イタチたちは期待に目をキラキラさせて、俺たちが解体するのを待っていた。ホント、小さくて見た目はかわいいけど肉食獣だよな。

「どこへ行くとか、以前は言ってなかったのか？」

「全然言わないわ。ただ、出かけてくるとだけ言って何日も戻ってこないの。最初の頃はそれで泣きそうになってたわよ」

中川さんは恥ずかしそうにそっぽを向いた。

「それは……きっと俺でも泣くかもな」

「な、泣きそうになっただけよ？」

「うん。俺なら泣くかもって」

中川さんの顔が赤くなった。別にからかったつもりはなかったけど、やっぱり中川さんはかわいいなと思った。そう思った途端、何故かミコが俺の目の前に来て、鼻をまた齧られた。

「……ミコ、さん？」

食いちぎられなくてよかったけど、これはいったいなんなのでしょうか。いや、痛いわけじゃないんだけどびっくりするし。中川さんが戸惑う俺を見て笑った。

「ミコちゃんて、かわいいね。素直が一番よ」

「？」

かわいいのは否定しないが、よくわからなかった。

そうして7日目の夕方、やっとヘビが戻ってきた。

ヘビが戻ってきたことで、魔獣が押し寄せてくるかもしれないということをまた思い出した。

「スクリ、おかえりー！　どうだった？　どんな話が聞けたの？」

『……里佳子、しばし休ませよ。獣の脅威はないじゃろう』

「スクリ、お疲れ。ゆっくり休んでくれ」

ヘビが大きく口を開けた。これはあくびなのか？　ヘビもあくびをするのだろうか。

ヘビは口をゆっくりと閉じるととぐろを巻いて寝てしまった。移動はなかなかにハードだったに違いない。中川さんの口元に笑みが浮かんだ。やはりヘビが帰ってきたことが嬉しいのだろう。

「スクリ、お疲れ様」

中川さんがそっと言う。

「帰ってきてよかったなぁ」

「そうね。本当に、どこまで行ってたのかしら」

怒ったように言う中川さんの口元が緩んでいた。きっと目が覚めたら教えてくれるだろう。

魔獣が攻めてくるような脅威はないと言っていたから、やっと肩の荷が下りた気がした。

つっても何日かは中川さんとお互いに忘れてたりしたんだけどさ。ほら、最初のうちに落とし穴とか作ったらもうあとはそのことについてやることがないっていうか。いや、別に言い訳じゃないぞ。

ヘビが帰ってきたのは夕方だったので、俺たちは簡単に夕飯を済ませて暗くなる頃には寝床に入った。

魔獣たちが攻めてこないのならば急いで話を聞く必要もない。明日の朝聞かせてもらえばいいだろうという判断だった。

寝床は一応取り外し可能にはしているが、位置としては中川さんの寝床の並びなのでちょっとどきどきする。いや、これは冗談だけどな。ちゃんと仕切り用の壁も設置してるし、彼女は寝る時は基本テントの中だ。お互い着替えもするから気兼ねなくできた方がいいだろ？　って俺は相変わらず誰に言い訳をしているんだ。

翌朝は雨だった。椿の木の下にいるだけでもそんなに濡れはしないけど、今は竹で自作した屋根を二重にしているから全然濡れない。雨がひどい時はたまにぽつぽつ落ちてくることはあるけれど。今日の雨はしとしと降っているから全く濡れる気配もなかった。

雨が降っているとどうしてこんなに眠いのだろう。寝床にかけているビニールシートを剥がし、どうにか起き上がった。腹が減ったのだ。雨の日は簡単に火を熾せないのが難点だ。やはり雨の日用にも炊事《すいじ》場所を作った方がいいだろう。まぁでも中川さんの寝床と俺の寝床の間の竹の板を外せばいいだけなんだけどな。

「おーい、火ぃ熾すぞ～」

屋根の上にいるだろうイタチたちに声をかけた。トトトトトッとイタチたちが移動する音がした。声をかけないで火をつけたらイタチたちが燻されてしまう。

雨の日は簡単な煮炊きしかできないが、昨日笹の葉を採ってきておいてよかったと思う。普通は若い葉以外は食べられるものではないと思うが、竹林の笹はみんななんだか柔らかくておいしいのだ。それを煮たスープがまたうまい。なんとなくタケノコっぽい味がするのである。こんなところも異世界なんだなと思った。サバ缶の汁、ツナ缶、鶏ガラスープの素と笹の葉を鍋に入れてぐつぐつ煮る。水はとりあえずペットボトルからどぼどぼ入れた。これでおいしいスープの出来上がりだ。あとは米でも炊けば完璧だろう。

ああそうだ。せっかくの雨なんだからもう1つの鍋を置いておこう。こっちは空気が元の世界ほどは汚染されていないから雨水がそのまま飲める。

クククククッとミコがご機嫌で鳴く。

ミコにはサバをあげている。あれだけではとても足りないだろうが、椿の木には本当に大量に芋虫がいるらしく、普段はそれを餌にしているようだ。そしてもちろんミコたちの餌はそれだけではない。

「おいしそうな匂い……おはよう～……」

寝ぼけ眼《まなこ》で中川さんが起きてきた。

「朝起きて何かできてるのって幸せだね……」

「そうだな。おはよう、中川さん」

ステンレスのカップにスープを入れて渡した。それからお弁当箱の中からおにぎりも。ごはんはあとで炊けばいいと思う。

「笹もおいしいよね。もっと早く気づいていればごはんが充実したのに」

中川さんが悔《く》やむように言う。

「タケノコは知っててもまさか笹の葉がこんなにおいしいなんて知らないよな。こっちの世界特有だとは思うけどさ」

「そうだね～」

元の世界に戻ったら笹の葉を食べて「やっぱ違う！」って言ってみたい。戻れるかどうかは知らんけど。

「炊事場が別に欲しいな。濡れないような場所で」

「そしたらこの木の下になるよね」

「うん、晴れたらまた屋根を作ろうかな」

「山田君、竹の加工得意だよね」

中川さんが笑む。

「こっちに来てからだよ。それまではせいぜい親父の日曜大工に付き合うぐらいしか……」

「そういうのも全部役に立ってるんだよね……」

「うん、多分……そうじゃないかな」

家族の話をしても、別にホームシックにはならなかった。それはきっと横にいるミコとか、中川さんのおかげだと思う。

『……そなたらは何を起きておるのじゃ。とっとと寝るがよい』

ヘビが不機嫌そうに起きてきた。ゆっくりゆっくりこちらへ来るのはきっと雨だからだろう。

「スクリ、おはよう。もう昼みたいよ」

中川さんがそんなヘビを見て笑った。

『……雨の時は寝るものじゃ』

「スクリは寝ててもいいよ。私たちは起きちゃっただけだから」

俺はリュックから新聞紙にくるんだ肉を出した。いろいろ検証してみた結果、どうも俺のリュックの中に入れたものは腐敗《ふはい》が遅くなることがわかったのだ。生肉を新聞紙にくるんで入れておいても、悪くなってきたなと思うまでに（色が少し変わってきた）10日はかかったのである。これはなかなかに嬉しいことだった。

『おお……彼方は気がきくのぅ……』

もう一塊《ひとかたまり》あるが、それはイタチ用である。一昨日狩ったイノシシもどきの肉を、スクリは嬉しそうに食べた。まんま一飲みである。それでいいのか。うん、いいんだろうな。

『うむ……そなたたちのおかげでよりうまいメシが食べられるようになった。感謝する』

俺と中川さんは苦笑した。そんな大それたことはしていない。

「満足してくれたならよかったわ。さっそくだけど、何をして、何を聞いてきたのか教えてもらってもいい？」

中川さんが単刀直入に聞く。そう、俺も実は聞きたくてたまらなかったのだ。

スクリは少しの間黙っていたが、やがて口を開いた。

『……我は南西の方角へ向かった。そこにかの者がいたからじゃ。かの者は森の南と北に獣たちが集中していると言っていた』

南と北って、確か人の国があるんだよな？

『ここ1月ほどじゃが、人間たちが盛んに森に入ってこようとしているらしい。故に獣たちも南と北に集まっているのじゃろう』

「ってことは、南も北も、どっちの人々も森に入ろうとしているのか？」

『そのようじゃ。じゃが人間たちがまとまってくれれば獣も増えるというもの。未だかの者が住む場所には1人も辿り着いていないそうじゃ』

「……その人が住んでいるところって、スクリでもここから2日近くかかるんだっけ？」

『うむ』

「ってことは南の、人間が住む国からの方が近いってことだよな」

『そういうことにはなるのう。じゃがのぅ、かの者の住まう場所に辿り着けた人間はこれまで3人ぐらいしかおらぬ。1人は主となったそうじゃが、それ以外は着いてすぐに事切れたそうじゃ』

「え？　そしたらここで亡くなった人は……」

『その者は北から来たのじゃろう』

「あ、そっか」

とにかく踏破が難しい森であることに変わりはない。

「ごめん、話の腰を折っちゃって。続けてくれ」

そしてその後も質問を交えながらいろいろヘビから聞き出した。

南西にある安全地帯？　にはヘビの知り合いが住んでいる。知り合いが住んでるから安全地帯なんだろうな。

その知り合いはよく森の中を回っているらしい。そしてそのスピードはヘビよりもかなり速いのだという。どんだけ速いんだよ。

「え？　でも俺が会ったことはないよな？」

森の中をパトロールはしているけど安全地帯には寄らないのか？

『ここはイイズナの縄張りじゃ。用がなければ立ち寄ることなどない』

「あー、そういうことか……」

この森の中にはこういった生き物の縄張りが全部で5カ所ほどあり、南には南東と南西に、北には1カ所あるのだそうだ。そこを侵《おか》す者が入ってくれば攻撃はするが、人間は脅威にはならないので基本は放置するという。

「人間って脅威にならないのか……」

そもそもこの森を踏破できる人間が全然いないんだもんな。確かに脅威にはならないかもしれない。今はまだ。

さてその知り合いの話だが、ヘビが俺たちの話をすると納得したように何度も頷き、近々訪ねてくると言っていたそうだ。それを早く言ってくれよ。

「来てくれるって……私たちに興味を持ってくれたってことなのかな？」

中川さんが首を傾げた。

『そのようじゃ。我はかの者の話を確かめに行った。果たして、随分な数の人間たちが獣に食われておったのぉ』

「え？　スクリ、森のキワまで行ってきたのか？」

『うむ。南と北、両方見てきたぞ。北は森に多少入ったところでみな事切れておったが』

「そっか」

だからスクリの帰りが遅かったんだな。でも知り合いに会って南に行って、北に行ったにしては帰ってくるのが早くないか？　そのことを聞いたら、そなたらを乗せてはおらぬ故な、と言われてしまった。１人ならいくらでもスピードを出せるということなんだろう。おんぶにだっこですみません。

知り合いについてもこちらを訪ねてくれるというなら向かう手間が省《はぶ》けるというものだ。でもどんな姿をしてるんだろう。ヘビではなさそうだけど。

雨の日なんて鍋にたまった水をビニール袋に移すぐらいしかやることがない。イタチたちもうちの屋根と屋根の間でまったりしているようだ。大手《おおで》を振って休める日なんだろうな。笹の葉のスープもあるし、昼はそれに生米を入れてくつくつ煮ることにした。粥《かゆ》とか雑炊《ぞうすい》のようなものだ。

まったりしすぎて忘れていた。恒例の水筒開けターイム。何故か中川さんとミコにじーっと見られながら開けることになる。毎回なかなかに居心地《いごこち》が悪い。今日の調味料はなんだろう。水筒のコップにとろとろと透明っぽいものが出てきた。なんかてかてかしている。

こ、これは……。

舐めてみた。

「油だー！」

「油⁉　やったじゃない！」

　中川さんと両手を上げて大喜びである。これを肉を焼く時に塗れば更においしく食べられること必定《ひつじょう》だ。何せここの魔獣ときたらみんな筋肉質の赤身で、肉だからしっかり焼かなければいけないとは思うが脂分がほとんどないから焼けば焼くほど硬くなってしまうのだ。それでもおいしいはおいしいんだけど。

　油があれば炒《いた》め物だって、揚げ物だってできる。いや、さすがに揚げ物はやらないけど、でもミートフォンデュっぽいことをやりたいじゃないか！　肉をサイコロ状に切って揚げていろんな味付けで食べるのだ。何せ調味料だけはふんだんにある。ビバ、油！

　さっそく竹筒に油を入れ替え、水筒の中にお湯を入れて振ってからスープの中に入れた。ツナとかオイルサーディンの油もいいけど普通の油がこんなに恋しくなるものだとは思わなかったな。そんなわけでちょっと中華っぽい雑炊を食べてにこにこである。ヘビは別に毎日食事はしなくてもいいようなのでこれ幸いと寝ている。イタチたちにはポテチを提供したので彼らも機嫌がよさそうだった。食べ物がおいしいって幸せだよな。

　そんなわけでマップ上に赤い点が見えた時も、死んでから対処すればいいなんて悠長に構えていた。

　だが、今回の敵は違った。

「あれ？」

赤い点は流れるような動きでこちらに来ているのに、雄叫びも地響《じひび》きもしてこない。

「どうしたの？」

「え？　これは……」

中川さんに聞かれたがそれどころではなかった。

「スクリ！」

赤い点はどんどん近づいてきて――

「キュウウウウウウウッッ⁉」

これはイタチの声じゃないか。

『しまった！』

スクリがするすると木を登る。俺も慌てて木の下から出た。

キイイイイイッッ‼

ミコが叫び、他のイタチたちも威嚇するように声を上げる。だが脅威は上昇していく。スクリでも間に合わなかったようだった。

そうだ、俺は空からの脅威をすっかり忘れていた。何か投げるもの、と落ちている石を拾い、渾身《こんしん》の力ででかい鳥に向かって投げた。もう夢中だった。

「ギャアアッ!?」

ちょうど首のところに当たったのか、鳥がバランスを崩す。しめた！　とまた石を投げた。

今度は羽《はね》に当たった。鳥はイタチを離した。

「間に合えっ！」

ダッシュしてイタチが落ちる方向にスライディングする。もう無我夢中だった。

「きゃーーーーーっっ！」

中川さんの悲鳴。

そして手の中に……。

「だ、大丈夫かっ!?」

「キュ……」

い　き　て　たーーーーーーっっ!!

俺は急いでイタチを抱え込んだ。

「山田君！」

中川さんが悲鳴を上げた。わかっている。まだ赤い点は安全地帯の上をぐるぐると旋回《せんかい》していた。石を当てられたぐらいで逃げるはずがなかったのだ。だがスクリが俺の側に来たことで、鳥は諦めたようだった。そのまま飛んでいこうとした時、黄色い点が飛んでくるのがマップ上に見えた。

「……へ？」

『……来たか。アヤツはいつもおいしいところをかっさらっていくのぅ』

空を見上げる。

灰色の毛並みの、でかいオオカミが鳥を咥えて飛び降りた。

その光景に、なんのファンタジーだよ、と俺は思ったのだった。

8章　ヘビの知り合いがやってきてくれました

毛がとても長い。雨が降っているから灰色に見えるが、もしかしたら銀色なのかもしれない。日の光の下で見たら、輝いて見えるのかもしれないと思った。

そのとても大きいオオカミが大きな鳥の首を噛みちぎった。うわあ、恐ろしい。

『南の、かたじけない』

『鈍《にぶ》ったか、東の』

ヘビに返答するオオカミの目は、血のように赤かった。

「あっ……！」

俺が抱え込んでいたはずのイタチが俺の腕からするりと出ていった。無事でよかったと思った。それと入れ違いのようにミコが俺の前に立った。オオカミの方を向いている。警戒《けいかい》しているのかもしれない。でも、マップの点は黄色いままだからおそらくオオカミに敵意はないと思う。

『イイズナか。……それがそなたの主か』

キュウウッ！　とミコが答えた。肯定してくれたのだろうか。主、というのは飼主《かいぬし》のことなのかも聞いていない。でもそう言ってしまうと中川さんがヘビの飼主になってしまうのか？　やっぱりよくわからない。

そんな現実逃避的なことを考えているのは、オオカミがすごくでかいからだった。襲いかかられたら即殺《や》られてしまうだろう。

「……ミコ」

呆然として、ミコに声をかけた。ミコは振り返らず、じっとオオカミを見ていた。オオカミもまたじっとミコを凝視している。しばらくお互いにそうしていたが、やがてオオカミの方から顔を逸らした。

『……ふん。難儀《なんぎ》なことだ』

俺はそっと手を伸ばし、ミコに触れた。

「ミコ」

ミコは流れるような動きで、俺の腕の中に収まったかと思うと俺の鼻を齧った。

「うわっ！」

ちょっとびっくりしたが、俺はミコに窘《たしな》められるようなことをしてしまったようだった。

「……しょうがないだろ？　お前の仲間があの鳥に捕まりそうだったんだから……」

助けられると思ったから動いたんだよ。ミコの毛を撫でる。雨でその毛皮は少し濡れてしまっていた。

「スクリ」

『なんじゃ』

「お客さんなら、木の下へ行こう」

『あいわかった。南の、参るぞ』

オオカミはすんなりヘビに従った。乾いたタオル、何枚あったかなとリュックの中身を頭に思い浮かべた。

そうして皆椿の木の下に集まった。

「山田君、よかった……イイズナさんもよかった。ええと、そこの大蛇の、スクリに保護されています。中川と申します。拭いてもいいですか？」

中川さんはなんと果敢《かかん》にオオカミとの交流を試みた。

『必要ない』

オオカミはけんもほろろにそう言うと、それまで濡れていた毛が一気に乾いてしまった。なにごと？　と俺と中川さんはオオカミを凝視した。

『そなたらの言葉で言えば〝魔法〟というのか？　そういうもので乾かしたのだ。そなたたちには使えぬのか？』

「魔法⁉　この世界には魔法があるんですかっ⁉」

中川さんが即食いついた。俺は出遅れてしまった。

『そなたたちは使えぬのか？　ああ、人だから仕方ないか』

オオカミは納得したように頷いた。そこ、勝手に自己完結してないで説明してください。お願いします。

「ええと、すみません。この世界の生き物は貴方《あなた》が使うような〝魔法〟は使えるのですか？」

『北の者たちであれば多少使えるかもしれぬ。南の者で魔法が使えたのは……我が主のみじゃ』

オオカミさんの主はだいぶ前に身罷《みまか》ったそうだ。それでもかなり長い時を生きたはずだとヘビが教えてくれた。

その主がもういないのだから、きっと南の人たちと似たような容姿をしている俺たちは〝魔法〟を使えないかもしれない。

「そっかー……魔法が使えたらもう少し楽に獣が狩れるかなーって思ったんだけど……」

中川さんが残念そうに呟いた。それにヘビが反応した。

『魔法があれば獣を狩れるとは？』

「例えばだけど、矢をもっと遠くに飛ばす魔法があれば遠くからだって射られるでしょう？　あんなにギリギリまで引きつけなくても」

『ふむ。確かにそなたらの身体は弱い。南の、どうにかならぬか』

ヘビがオオカミに声をかける。オオカミは鼻を鳴らした。

『魔法を使うにはセンスが必要だと主が言っていた。そのセンスがその娘にあるのか？』

「わかりません。元の世界でも魔法なんて夢物語でしたから」

中川さんがきっぱりと答えた。おお、かっこいい。

『……遠くに飛ばす魔法はないこともない。そなた、試してみるか？』

「……見返りはなんでしょう？」

中川さんがじっとオオカミを見つめた。確かにただで教えてくれるはずはないだろう。え？　教えてくれるもん？　とか気軽に思ってしまった自分を殴《なぐ》りたい。

『獣を1頭捧《ささ》げよ』

「……この辺り、最近あんまり攻めてこないんですけど」

『ならば参るぞ』

「ちょっ！　山田君も一緒じゃないとっ！　それに私の弓も必要ですっ！」

オオカミはいきなり中川さんの服を咥えた。待って、待って！　人間には武器が必要なんですううう！

『面倒なことだ』

オオカミがまたふんっと鼻を鳴らした。結局俺と中川さんがオオカミの背に乗って魔獣がいるところまで移動することになった。中川さんは弓が必要だし、俺にも醤油鉄砲がいる。中川さんが持っている矢じりに醤油をつければ準備完了だ。当然のようにミコが俺の上着の内ポケットに収まった。

しっかし2人で乗っても更に余裕があるとか、このオオカミどんだけでかいんだよ。もの○け姫を髣髴《ほうふつ》とさせた。

『……そなたら、恐ろしい毒を使うのぅ』

「毒⁉」

『今矢じりにつけたじゃろう』

「ああ……これがついた獣は食べられませんか？」

『突き刺さったところを避ければ問題なかろう』

「じゃあこれでお願いします」

『ではしっかり掴まっておれ』

振り落とされないように、俺と中川さんはしっかりオオカミの毛を掴んだ。

……それでも、まるでジェットコースターに乗っているような心地ではあったけど。

つか魔法もいいんだけど、この世界の話とかっていつになったらできるんだろうか。とかなんとか思ったけど、オオカミの背に掴まりながらマップを見る余裕すらなかった。

毛を掴んでいるのが精いっぱいで、どこをどう進んでいるのかもさっぱりわからない。

『着いたぞ。近くにおる』

オオカミは親切にも竹林の中で俺たちを下ろしてくれた。いきなり魔獣の前に落とされなくてよかったと思った。ヘビとか平気でそういうことやりそうだし。オオカミは以前主がいたと言っていたから、その時に人間の脆弱《ぜいじゃく》さを学んだのだろうか。

やっとマップを確認することができた。

マップの左上に赤い点が見えた。どうやって獲物を見つけているのかはわからないが、竹林から出ればすぐに襲ってくるだろう。

「中川さん、多分あっちの方角にいる」

「ここを出ればいいかしら。他には？」

「今のところはあっちからだけだと思うよ」

「了解」

竹林を出る前に準備を整え、竹林を出たところで構えた。最悪すぐ竹林に逃げ込めるように、である。

マップの赤い点も俺たちに気づいたのか、ドドドドドドッ！　と地響きを立てて迫ってきた。

それと同時にマップの右下にも赤い点が見えた。これは、２体同時か？

『ふむ……姿勢はよし。どれ、手伝ってやろう。獲物が来る方向に射よ！』

「えっ!?」

まだ赤い点はこちらに姿を見せたばかりだ。だが中川さんはオオカミの言うことを聞いて素直に矢を射った。その矢は魔獣の手前で落ちるかと思われたが、何故かそのままぐんぐん飛び、魔獣の額に深く突き刺さった。

ピギィイイイイイイッッ!?

断末魔の叫びに呆然とする。だが俺ももう1頭のことを忘れてはいなかった。赤い点が動く方向に身体を向け、醤油鉄砲を構えた。

『それは飛ぶものなのか？』

「引き寄せられれば飛びますね。醤油が」

『けったいな武器よのぅ。どれ、それも手伝ってやろう』

やっぱり中川さんの矢の飛距離が伸びたのは、オオカミがなんらかの干渉をしてくれたからだったらしい。

ドドドドドドドッッ!!

「山田君っ！」

中川さんが焦《あせ》ったように叫ぶ。

「大丈夫っ！」

『今じゃ、射よっ！』

「はいっ！」

醤油鉄砲の原理は知らないだろうが、俺はオオカミの言葉に従って思いっきり押した。

ビューーッ！　と押し出された醤油が宙を飛ぶ。

「えええええ」

普段ならどんなに飛んでも4メートル程度なのに、その醤油は倍どころではない距離を飛び、
ピィイイイイイイイイイッッ!?

ダカッダカッダカッと魔獣が走ってきたが甲高《かんだか》い断末魔の悲鳴を上げ、俺の手前で泡を吹いて倒れた。シカもどきはやっぱ死んでもかなり走るな。

『ふむ……なかなかに素晴らしい。これは教え甲斐があるというものじゃ』

オオカミは満足そうに言う。俺たちは呆然として、顔を見合わせた。その後はオオカミに手伝ってもらい、どうにかイノシシもどきとシカもどきを竹林に運んだ。疲れたけど、俺も中川さんも着実に力をつけているように思えた。

『2頭はさすがに必要ないのぅ。1頭は持って帰るか。我に括りつけるがよいぞ』

「はーい……」

まさか運んでいくことになるとは思っていなかったので、特に道具など持ってきてはいなかった。でも虫の知らせかリュックはしょってきていたのでロープを出した。魔獣をオオカミの背に乗せるのは重労働だった。でもどうにか乗せてロープで括り、外れないことを確認してから運んでもらった。

俺たちはしばしここで留守番である。

「……すごかったね……」

「うん……」

俺はじっと自分の手を見た。明らかにおかしいと思う。ここに来てそろそろ4カ月近くが経つが、膂力は間違いなく上がっている。そうでなければ中川さんと2人であんな大きな魔獣を持ち上げられるはずがないのだ。

「中川さん……俺の気のせいならいいんだけど……俺さ、怪力になってない？」

中川さんも同様だとは思うが、さすがに彼女が怪力になっているとは言えないので俺自身のことを聞いてみた。

「確かに……ここに来てから明らかに持てる量とか異常なぐらい増えてる気がするわ。なんか、不自然なぐらい力が強くなっているみたい。それは山田君だけじゃないと思うの」

「そう、だよね。あのオオカミさんに聞けばわかるかな」

「そうね。聞きたいことがまた増えちゃったわね」

中川さんがフフッと笑む。ミコが内ポケットから顔を覗かせた。おとなしくしててくれて助かった。頭を優しく撫でた。

しかし、先にオオカミがイノシシもどきを運んでいったのはいいが、あのロープはどうやって外すんだろう。イタチが噛み切ってくれるかな。そんなことを考えている間に無事オオカミが戻ってきた。いつの間にか雨は止んだようだった。

『そなたたち、解体もできるのか？』

「え？　ええ」

「はい、します」

『なればそこな獣も運ぶぞ』

このオオカミもどうやら解体した肉の方が好きなようだ。中川さんとせーので持ち上げて、ありえないということを再認識した。これ、絶対見た目500キログラム以上ありそうだし。そんなの2人で持ち上げるとか正気の沙汰じゃない。しかも思ったより疲れてないし。

「ありえねー……」

「そうねー……」

オオカミが再び戻ってくるまで呆然としていた。そんな俺の様子が不可解だったのか、ミコがぺろぺろと顔を舐めてくれた。獣臭いけどかわいい。ミコさんはきっと天使だと思う。

「いいなぁ～」

中川さんがにこにこしながら俺たちを見ていた。雨も止んでよかったよかった。さすがに雨が降り続いている中でずっとほっておかれたら風邪《かぜ》引きそうだし。

それにしてもここはどこだろう。２体同時に出てきたってことは、俺たちの安全地帯からはそれなりに離れたところなのだろうか。

「ここって、どこなんだろ？」

「ホント、どこなんだろうね」

いろいろ衝撃的なことが多くてまともにものが考えられない。

そうしてやっとオオカミが迎えに来てくれて、俺たちはまた長い毛にしがみつきながら安全地帯に戻った。

戻るなりイノシシもどきとシカもどきを解体し、内臓はそれぞれオオカミとヘビ、イタチたちにあげた。肉も俺たちが食べる分以外は彼らが平らげるだろう。

調味料が入っている竹筒を並べ、一部の肉に油を塗って火であぶっていく。じゅうじゅうといい匂いがしてきて、これだよこれ！　と思った。竹筒から好きな調味料を出し、好きなようにかけて食べるのは至福のひと時だ。中川さんも喜んでいっぱい食べていた。そういえばこれだけ肉ばっか食べてるのに全然太る気配がないな。米もしっかり食べてるのに。毎日なんだかんだいって動いているせいだろうか。

みんなで食べ終えてほーっとしてから俺たちの現状についてオオカミに聞いてみた。

『力が強くなっている、じゃと？』

気になったところからであったため、膂力が上がっているらしいことについて聞くときょとんとした顔をされた。

『そんなことは当たり前じゃ。そなたらはこの森の生き物を食べたじゃろう』

「え」

「えええ？」

この森のものを食べると身体能力が上がるなんて聞いてない。つか、全く知らない。

「それは……この世界のものを食べたら強くなるんですか？　それともこの森限定なんですか？」

中川さんがおそるおそる聞いた。

『この森のものだけではない。東西の山から採れるものや獣を食べても力はつくじゃろう。だが、この森の獣を食べるのが能力を上げるには一番効率がいい』

「いつの間にかチート能力を手に入れていた……？」

「……私たち、確実に強くなっていたのね……」

「あれ？　でも力は強くなってるけど、歩く速度はそんなに変わらないんじゃないか？」

何せ中川さんのところに辿り着くまでに4時間かかったし。あ、でも戻りは3時間だった。

『普通の人間の歩む速さなど我らにはわからぬ』

そう言ってオオカミはフン、と鼻を鳴らした。それもそうだと思った。中川さんを見ると、彼女は考えるような顔をした。

「たぶん、速くなっている気がするわ。前はあんなに素早く動けなかったと思うもの。とは言っても基準がないのよね」

『その基準とやらがないと困るものなのか？』

ヘビに聞かれた。

「どれぐらいのことがどれぐらいできるかはわかっていた方がいいと思うわ。そうじゃないと無謀なことをしてしまうかもしれないし」

『それは一理ある』

「でもこうやってここの獣を食べていればどんどん能力が上がっていくのか？」

それが疑問ではある。オオカミは肯定した。

『少なくとも、我はまだ能力が上がっている』

「じゃあまだまだ上がるのか……」

ホントこの森って不思議だな。もしかしたら俺たちが思っているよりこの森は広いのかもしれない。でも身体能力がもっと上がれば楽に踏破できるようになるかもしれないとも思った。とにかく、自分たちでなんとかできる力は欲しい。

「ええと、それで〝魔法〟については……」

中川さんがおずおずと聞く。ごめん、俺はすっかり忘れていた。

『ちこう寄れ』

中川さんがためらいなくオオカミに近づいた。

『そなたもだ』

「あ、ハイ」

どうやら俺も魔法を教えてもらえるらしい。ちょっとどきどきした。ラノベで読んだようなチート能力が更に手に入るのかと思ったらわくわくが止まらない。

『そなたらに渡すのは補助魔法だ。そなたらの能力の助けとなろう。先ほどのように矢が飛ぶスピードを上げたりもできるし、更に重いものを持つこともできる。他にもできることは沢山あるだろうが、そこは使っていくうちに習得していくがいい』

オオカミなりに気を遣《つか》ってくれたのはわかった。でも補助魔法と聞いてちょっとテンションは下がった。

魔法っていったらさあ、こう！　どどーんでばばーんでどっかーんな魔法を連想するじゃないか。いや、そんな魔法教わっても使い道はなさそうだけどでもおおおお！

『では始めるぞ』

オオカミの言葉に気を引き締めた。

どうやって習うんだろうと思った途端、胸の辺りが光った。

「え」

「えええ？」

『継承《けいしょう》されたかどうかはわからぬ。確認してみよ』

継承？　ってなんだろうと思いながらえーと、魔法魔法と頭の中で唱えたらなんか魔法陣みたいなのが出てきた。おお、これが魔法かと思った途端、その使い方までわかった。こちらの世界では魔法を人に渡すことができるようだった。

「わああ……すごい……これ使って大工仕事とかしたらすぐに終わりそう！」

中川さんはとても嬉しそうだった。

大工仕事……大工仕事かぁ……確かにこれだと鉄骨とかも軽々運べそうだなぁ。

「ありがとうございました」

と、中川さんと共にオオカミに頭を下げた。

『気にすることはない。継承しようにもできぬ者もいる。簡単に継承されたということはそなたらの魔力が多い証拠であろう』

「魔力とか……」

「魔力ってなんですか？」

中川さんが聞くのも無理はなかった。ホント、魔力ってなんだよ。言葉ではわかるけどさ。

『元々生き物には全て備わっている力じゃが、多い少ないには個体差がある。少ない者は魔法を覚えにくい。逆に多い者はあらゆる魔法を習得できると聞く。もちろん魔法を持っている者が教えられればじゃが』

また1つ勉強になった。でもまだ肝心要《かんじんかなめ》のことが聞けてないなと思う。聞きたいことが多すぎてメモでもしておけばよかったなと少し後悔した。


その後、オオカミのかつての主のことを聞いた。

その人もまた、この世界に召喚されてきたようだった。

オオカミの住んでいる南西の安全地帯に突然現れた少女は、でかいオオカミをすぐに好きになった。怖いもの知らずと言うのだろうか、彼女は好奇心旺盛《おうせい》でいろいろなことをしたらしい。

オオカミに教えられるままにこの森のものを食べ、泣きながら獣を狩り、その肉を食べ、今の俺たちのようにその能力を伸ばした。更にはオオカミと共に南の人間の国を訪れ、森で採れるものを売ったりして交流もした。そして当時の南の国の王に会い、自分がその国に召喚されたことを知った。

王は彼女を〝勇者〟だと言い、森を制し、その先にある北の国を恭順《きょうじゅん》させてくれと言った。

「森の先にある国を恭順させてどうするのですか？」

「本来ならば亜人《あじん》の国など亡《ほろ》ぼすべきだが、わしは慈悲《じひ》深い。土地の割譲《かつじょう》と奴隷《どれい》を献上させることで許してやろう」

彼女は言葉が通じないようだと言った。

そもそも何故森の先に国があるのか知っているかというと、西側の海から船での往来があるのだという。ただし船でも片道半年はかかる航路のため、それならば森を制し陸路を進んだ方が早い。では森を抜けるのではなく東に行けばどうかといえば、あまりにも高い山脈が延々続いているため、その山が切れた場所まで進むのに馬に乗って駆けたとしても2カ月以上かかるのだという。山が途切れる場所まででそれほどの時間がかかるので、そちらのルートから亜人の国へ向かうのも現実的ではない。

だが、森にひとたび足を踏み入れれば獣に襲われる。かつて幾度も兵を出し、森を攻略しようとしたが、火をつけたとしても燃えるのは外側の数メートルの範囲だけで、その火を獣が全力で消しに来たあげく兵たちを全て屠《ほふ》ってしまったそうだ。

その森の中から現れた少女を王国が引き止めないわけがなかった。

だが彼女はそれを拒絶し、今度はオオカミと共に亜人の国へ向かった。オオカミの足で1週間もかからずに亜人の国に着いた。（南の国からである）

亜人の国は、土地は広かったが貧しかった。北、ということもあるのだろう。食料事情は決していいとは言えず、いつも命がけで森や山の麓《ふもと》の方で獣を狩ったりして暮らしていた。彼女は自分が勇者だと名乗り、亜人の国の王にも会った。

「人の国の王がそなたを召喚したのか。人は我らを見下しておる。船で何人も我らの同胞《どうほう》が攫《さら》われた。勇者は我らに何を望む？」

「何も……森や山は貴方がたの国を守る天然の要害です。決して森を制そうとは思わないようにしてください。そうすれば貴方がたは守られます」

「そなたは召喚した国の言うことは聞かぬのか」

「聞きません。私を保護してくれたのはオオカミです」

「言うことを聞かないことで元の世界に帰れなくなってもか」

「そもそも帰れるとは思っていません」

「そうか。ならばそなた、私の妻にならぬか？」

「……は？」

「そなたが妻になってくれれば森を制そうと思う者も現れまい。我が国を思うのならば、この国の民を子と思い、共に尽力してはくれまいか」

その時は拒絶したそうだが、元々彼女はとてもメンクイだったらしく、数年ののち、亜人の国の美しい王と結婚したらしい。そこで沢山子を成して、国力の増強をはかったという。

つまり、召喚されてきた少女は元の世界には帰らなかったわけだ。

いろいろツッコミどころは多いし、召喚した人たちに帰れるかどうかの確認もしなかったんだろうかとか、この世界に骨を埋めた女性についてショックもかなりあるのだが……今は混乱しているのであとで内容を整理する必要がありそうだった。

中川さんはこめかみに指を当てた。とても顔色が悪く見える。心配になった。

あくまでオオカミは自分の憶測《おくそく》だと言ってはいたが、俺たちは別々の国に召喚された可能性が高いようだ。その召喚の理由まではわからないが、人間の考えることである。

もしかしたら森を攻略し、森の反対側にある国をも手中に収めようとしているのではないか。

そのために勇者を召喚したのではないかと言うのだ。それについては中川さんが反論する。

「……でも、オオカミさんの話の通りだったら亜人の国が召喚したりはしなかったんじゃないかしら？」

『そうとも限らぬ。亜人の国はすでに我を覚えてはおらず、あれからとても長い年月が経った。亜人の国はかつてほど貧しい国ではない。北からも兵が森に入ってこようとしている時点で何か不測の事態が起きたことは想像に難くない』

「あー……その問題もありましたね。現在の王が愚鈍《ぐどん》ならそういうことも考えちゃうかも……」

中川さんは嘆息《たんそく》した。

なんというか話のスケールが大きすぎてよくわからないが、人間の王がクズだってことはわかった。

「その彼女が召喚されてから、大体どれぐらいの年月が経ったかわかります？」

とても長い年月ってどれぐらいなんだろうと思ったのだ。

『はっきりとはわからぬ。ただ主が人間の国の書物などで調べたところ、召喚というのは世界に満ちた力を長い年月をかけてある物質に閉じ込めることによってようやくできることであるから、少なくとも1人を呼ぶのに200年は待つようだと言っていた』

「200年!?」

嘘だろー。

「え？　1人を呼ぶのに200年ってことは？　すでに400年は経ってるってこと!?」

お互いに驚愕の声を上げた。

『どれほどの時が経っているかは我にはわからぬ』

「あ……そ、それもそうよね……。ねえスクリ」

『なんじゃ？』

「スクリは自分がどれぐらい生きてるとか……知ってる？」

『今生きておるのはわかるぞ』

中川さんは頭を抱えた。

「うん、そうよね。時間の感覚とか、年単位じゃもうわからないわよね。ところでこの森には季節ってあるの？　とても寒い日が何日も続くとか、とても暑い日が何日も続くとかそういう時は……」

ヘビとオオカミとミコが顔を見合わせた。

『ないぞ』

『ないのう』

キュキュッとミコも返事をしてくれた。かわいい。

「じゃあ……南の国とか北の亜人の国は？」

『北はとても寒いと言っていた気がするのう。主はとても寒がりであったな』

「ちょっと待って」

中川さんが待ったをかけた。

「オオカミさんは、その彼女が寒がっていた時はどうだったんですか？　寒いと感じたの？」

『……寒いといえば寒かったかもしれぬ。毛がぱりぱりになったのはいただけなかった』

「……あてにならない」

中川さんの言う通り、オオカミやヘビの感覚はあてにならないかもしれない。季節があるのかもわからない。何年経っているのかもわからない。そこらへんを彼らに聞いてもしょうがないのかもしれなかった。

オオカミとヘビはどうも感覚が鈍そうだ。ヘビって変温動物じゃなかったっけ？　それにミコは？　ミコを見るときょとんとした顔をされた。かわいい。

「……どこかに話ができそうな人はいないのかしら……」

『森の側に住んでいる者ならいるはずじゃ』

「交流できますかっ!?」

中川さんが食いついた。

『連れてこよう』

「……いやいやいやいや……」

それはさすがにまずいだろう。俺は中川さんと、オオカミを必死で止めた。

そんな解《げ》せぬ、みたいな顔をされてもこっちが困るよ。

もうなんつーか、ツッコミどころは満載だし聞きたいこともまだまだある。いつまで続くんだろうこれ、と遠い目をしたくなった。

「ところで、スクリがよく言うけど……〝主〟ってなんですか？」

『主は主じゃ』

スクリの返答が答えになってない。オオカミがため息混じりに答えた。

『簡単に言えば、〝森〟と我らに認められた者だ』

「森？」

中川さんと首を傾げた。

『そうだ。この〝森〟は侵入する者を選別する。だからこそ〝森〟の外に住まう者たちがいくら兵を大量に用意しても入れぬのだ』

「そう、なんだ……」

愕然とした。この森は森全体の意思として生きているらしい。想像すると背筋が寒くなるが、この世界ではそういうものなのだと割り切るしかない。

「森はわかりましたけど、貴方がたに認められるって？」

わかったのか！　中川さんの順応力がすごい。

『……そなた、何かそこなヘビが喜ぶようなことをしたのではないか？』

「なんかあったっけ？」

喜ぶようなこと……。

俺は無言でリュックからポテチの袋を出し、開いてマヨネーズを添えて草の上に置いた。

ククククク……とミコが嬉しそうに鳴き、他のイタチたちも集まって食べ始めた。

「俺の場合は……餌付《えづ》けに近いですけどこういうことですかね？」

『ものによるじゃろう。ところでそれはなんじゃ？』

「ポテチ……ポテトチップスです。油で揚げた芋を薄切りにしたお菓子ですよ。食べます？」

『いただこうか』

リュックを閉めて開ければもう1袋出てくる。この方法で無限ポテトチップスができたりする。まぁいつまで出てくるか定かではないのであまりやらないけど。

袋を開けて中川さんとヘビにも分けた。

『……毒の味がするのぅ』

オオカミはポテチを口にするとそう言って咀嚼《そしゃく》した。

「ええ!?　大丈夫なんですか!?」

『どれ、確かめてやるからもう1つ出すがよい』

「え。それってもしかしてまんじゅう怖い？」

中川さんが呟く。それっぽかった。かなりびっくりした。

もしかしたら、中毒性のあるものを指して言っているのかもしれない。

「いつまで出てくるのかわかりませんから、今日はもうこれ以上は出しません」

『そうか。残念だ』

オオカミもポテチが好きらしいと心にメモをした。そんなバカな、とは思ったが異世界だからそういうものなのだ。結局俺が食べられたのは1枚だけだった。まぁいいけど。

「スクリは……どうして中川さんを主だと思ったんだ？」

ちょっと気になって聞いてみた。基準はそれぞれらしいから興味を惹《ひ》かれたのだ。

『里佳子は我の主と思うた。それだけじゃ』

「……運命の人っぽいのか？」

中川さんが慌てた。

「そんなんじゃないでしょ！　私があんまりにも弱弱しかったから守るとか言い出したんじゃないの！」

「スクリは中川さんを守りたかったんだな」

確かに中川さんを1人でほっておけないよなと思った。けれど、

「でもそんなこと言いながらよくいなくなってなかった？　おかげで獣が攻めてきて眠れない夜もあったんだけど！」

「それ全然守ってないじゃん……」

ヘビ、アウト。

『そ、それは、だな……人間の言葉に、かわいい子には旅をさせよというものが……』

「スクリの子じゃない私を千尋《せんじん》の谷に突き落としてどうするのよ！」

『東の。そなたには人間の弱さについてじっくりと教える必要がありそうだ』

オオカミもそれには柳眉《りゅうび》を吊り上げた。どうやらオオカミはかつての主をとても大事にしていたようだった。

その日はもうさすがに疲れたので、行動に移すにしても明日以降にしようという話になった。

魔獣から切り分けた肉をまたあぶり、米を炊いて夕飯にした。スープはそれなりに残っていたのでごくごく飲んだ。笹の葉のスープうまい。硬く見えても笹の葉はすぐ柔らかくなる。何度も言うが元の世界の笹の葉は違うとは思うけど。

水のいらないシャンプーを使って頭をさっぱりさせ、身体を濡れタオルで拭いた。シャワー

でもいいから、できれば風呂《ふろ》に浸かりたいと思った。

そろそろ寝るという段になって、中川さんから衝立《ついたて》越しに声をかけられた。

「……山田君、今夜はそっちで寝てもいい？」

「いいけど……俺が襲わないって保証はないよ」

「そしたらスクリかミコちゃんが止めてくれるんじゃないかしら」

中川さんは笑った。

「そうかもな」

苦笑する。ヘビが止めに入ったら俺は丸飲みにされてしまうのではないだろうか。ミコにも齧られそうだ。それは勘弁してほしい。どちらにせよ襲う気はない。

中川さんは丈夫な寝袋を持ってきた。これは攻略できないだろ。

すでに世界は暗闇に包まれ始めていた。時間的にはそんなに遅くないのだろうが、健康的になったものだと思う。今は日の出と共に起き、日の入りと共に眠るような生活だ。

しばらくは彼女も無言だったが、多分何か話したいことがあるんだろう。俺が寝る前に話しかけてくれればいいのだが。

「……山田君は……帰れないかもって聞いてどう思った？」

やっぱりその質問か。

「……ショックはショックだけど、まだ実感が湧かないかな。なんつーか、生きていくのに精いっぱいだし。あとは、まだ……俺たちを召喚した相手に話を聞いてないってのもある」

「南の国の、かつての王様みたいな人だったら……帰れなくなっちゃうかもね」

「そうだな」

それは確かにちら、と考えた。もし南だか北だかの王様に召喚されていたとして、その願いを叶《かな》えたからと言って帰れるとは限らない。それに、その願いもかつての召喚者が聞いたものと同じだった場合は、言うことを聞くわけにはいかないだろう。

「正直言うと、帰れない前提で考えた方がいいんじゃないかな」

「そうね……でも、山田君は元の世界に残してきた人はいないの？　……彼女とか」

最後の科白《せりふ》で中川さんは声を上ずらせた。あ、と思った。

「俺は彼女いない歴年齢だし。親のことは気になるけど、親も俺とおんなじオタクで異世界トリップしたら～とかあほなこと言ってたからそんなにはなぁ～」

俺は一度言葉を切った。そしてそっと唾を飲み込む。

すごく緊張していた。

「な、中川さんは……その……元の世界に彼氏がいるんだよね？」

小声で聞いたつもりだったが、その声は意外と大きく響いた。

「ええっ⁉」

中川さんは驚愕の声を上げた。そのあとで、「なんで知ってるの？」と続くかと思っていたのに、現実は違った。

「どうしてそんなこと言うの？　私も彼氏なんていたことないよ！」

「え、じゃあ……」

あの日、見かけたチャラいイケメンはなんだったんだ？　肩を抱かれて、とても仲が良さそうに見えたのに。

「茶髪の、イケメンと……」

「え？　それっていつ？　もしかして……」

中川さんが身体を起こした。すみません、薄着のまま起き上がるのやめてもらっていいですか。いくら暗くても目が慣れてきてるんで、こう、胸の形が……。言ったら殴られそうだから言わないけど。俺は不自然にならないよう、細心の注意を払って目を逸らした。

「えーと……よく覚えてないけど、期末の前だった、と思う。キッショウ駅にいたよね？」

もう何カ月も前のことだったから記憶があいまいだ。でも、期末テストの前だったことは覚えている。あれがきっかけでテスト勉強が手につかなくなってしまったのだ。おかげで期末テストの結果はボロボロだった。普段から勉強してないせいだって？　ほっとけ。

「……うん、いたわ」

中川さんは少し間を開けて肯定した。

やっぱり、って思った。

「でも、彼氏じゃないわ。あれは……ソロキャンプが好きって人たちの集まりで……」

「え？」

「あんな集まりだって知ってたら行かなかった……。きっと、まともな集まりもあるのかもしれないけど、私が参加したのは外れだったと思う」

悔しそうな声。中川さんは俯《うつむ》いていた。

「一緒にキャンプしないかって、ソロキャンプなんて女の子1人じゃ危ないよって。でもそれじゃソロキャンプって言わないじゃない」

「……うん」

「ナンパ目的だって途中で気づいて、お店も急いで出てきたんだけど……あの男が追いかけてきて仲良くしようって。一緒にキャンプしようってしつこくて……」

あの慣れ慣れしさは付き合っていたわけじゃなかったのか。それに気づいたらなんか腹が立ってきた。おのれ俺がこんなに我慢《がまん》して中川さんに触れないようにしているというのにあの男は何様なのか！

「あんまりしつこくて、最寄《もよ》りの駅までついてきちゃって、怖くて……ネットで知り合った人だから、あのあと何度も連絡来て、夏休みもうすぐでしょって、遊ぼうって……冗談じゃないって思ったの」

「それで、二果山に？」

「うん、二果山から縦走《じゅうそう》できるじゃない？　だから途中の山で何日か籠《こも》ってどうしようか考えようと思って……」

「そう、だったんだ……」

なんてこった。俺は失恋したわけではなかったらしい。

つっても、中川さんにその気がなかったら結局失恋するけどな！　今はそれどころではない。

「そうしたら、山じゃない原っぱにいて……びっくりしたわ」

「まぁ……いきなり景色変わったらびっくりするよな」

中川さんは笑った。

「でもね……私、助かったって思ったの」

「…………」

「もうアイツのことも、親のことも考えなくていいんだって……」

「……親？」

「うん」

聞いていいのかわからないけど、これはきっと聞いてほしいのかもしれない。

「うちの親、別居するんだって」

「……そっか」

重い。なんか重すぎて何も言えない。

「あ、でも、別に不仲とか、不倫とかってわけじゃなくて……仕事の関係で生活圏も考え方も違うから一時的に離れるって話みたいで、里佳子はどっちについてくる？　って軽く聞かれてさー……」

中川さんはため息をついた。

「私は今の学校嫌いじゃないからこっちに残ってもいいかなって思ったんだけど、へんな奴に目をつけられちゃったじゃない？　だからどうしようかなって……でもこんなバカな話親には言えないし」

「え？　でもソロキャンプで何日か二果山にいるつもりだったんだろ？　それについては親御《おやご》さん、何も言わなかったの？」

中川さんは、今度は大仰《おおぎょう》にため息をついた。

「……自分のことを自分で責任取るなら何してもいいって……放任といえば聞こえはいいけど

ぶっちゃけ放置よね。だからいつも通りメモだけ残して出てきたわ。もしかしたら5日ぐらい帰らないかもって書いて」

うちの親みたいにああでもないこうでもないと絡んでくる親もいれば、そうじゃない親もいるんだな。

「だから、私は……元の世界に未練なんてないわ」

そんなことはないと思うけど、ここで否定したら嫌われるパターンだ。母親がそういうのはかなり口を酸っぱくして言っていた。

「そっかー……。ま、俺もそんなに未練はないかな」

親にここにいるって連絡はできたらいいとは思うけど、うちの親のことだから本当に異世界に行ったんじゃないかって思ってそうだし。ま、それ以前に生きるのがたいへんすぎてまだ実感が湧かないだけなんだけどな。

「……私たち、気が合うね」

「うん、そうだね」

中川さんが笑う。

そしてやっと寝ることにした。

そっかー、中川さんには彼氏はいなかったのか。じゃあ俺二果山に登らなくてもよかったじゃん。でも登らなかったらきっと中川さんと離れ離れになって、下手したら一生会えないなんてこともありえただろう。だからこっちに来て、会えたのはよかったと思う。

嘘から出た実《まこと》ではないけど（意味が違う）、俺が誤解したことから偶然こんなことになってしまったわけだな。あのチャラ男はきっとストーカー予備軍だったに違いない。誤解して守れなかった分、こちらの世界ではできるだけ俺が守ろう。

具体的にどうしたらいいかわからないけど、とりあえず明日の朝は筋トレをしようと思った。

そういえば最近全然トレーニングしていなかった。まぁ、それ以上に動いている気はするが。


翌朝、中川さんはのそのそと起き出して俺にペコリと頭を下げると衝立の向こうに戻っていった。

うん、これでいつも通りに戻るのだろう。

え？　なんで告白しなかったのかって？

んなことしてフられたら大ダメージじゃん。しかもフった方も気まずいだろうし。だからせめて中川さんを守れるぐらい強くなってからでないと告白をしてはいけないように思うのだ。

ヘタレだって？　ほっとけ。

ミコが俺の懐から出てきた。

「あ、ミコ、おはよ……ぎゃあっ!?」

ミコは目を細くして俺をじーっと見てから、カプッと俺の鼻を噛んだ。

いや、痛くはなかったけどびっくりするからやめてほしい。すっごく心臓に悪いし。

「山田君？　どうしたの？」

衝立の向こうから心配そうな声がかかった。

「大丈夫！　ミコにちょっと鼻を齧られただけだから！」

自分でも言っててそれはどうかと思うが、とっさにいい言い訳も思いつかなかったのだ。齧られるってやヴぁいよな。

「そう？」

そういえば中川さんはミコが俺の鼻を噛むところを見たことがあったな。甘噛みだって思っているかもしれないが、ミコの歯はけっこう鋭くてぎざぎざしているのだ。ちょっとでも力を入れられたら鼻に穴が増えていたことだろう。それは勘弁してほしかった。

「ミコ～、怖いからやめてくれよ～」

ミコはツンとそっぽを向いた。え？　ミコさんツンですか？　ツンしちゃうんですか？　そんな～。

『女心のわからぬ輩《やから》じゃのう』

「は？」

朝からオオカミにため息をつかれた。なんなんだいったい。今日はもう雨は降っていない。まずは水汲みかなと服を直して立ち上がった。

「中川さん、俺、水汲みに行ってくるよ」

「え？　私も行くよー」

一緒に行くことになってしまった。2往復ぐらいしてもいいと思ったんだが。ちょっと気になったので時間を測ってみた。湧き水の出ているところまで普通に歩いて3分かかった。水を汲み、しょって動き出してから安全地帯に着いた時も3分だった。明らかに歩く速度も変わっているみたいだった。

『この森のものを食べれば食べるほど全ての能力が上がっていくと考えていい。それに補助魔法を併用すればそなたたちでもそう日をかけずにこの森を踏破することは可能だろう』

オオカミに言われたが、それは都合よく考えすぎていると思った。

「はは……さすがにそんなに簡単には……」

『そなたたちは面白い。少しの間ぐらいなら付き合ってやってもよいぞ』

「それはとても助かります」

中川さんが持っていたボウルに水を入れて出せばオオカミは素直にそれを飲んだ。ちょっと今日は朝が早いので俺はそのままタケノコを掘ることにした。タケノコは掘りたてなら生でも食べられるし、スープにしてもおいしいしな。

今日は考えをまとめるってことでいつも通りに過ごした。ポテチをイタチたちやオオカミに奪われ、また水筒の中身を出して確認してみた。開ける時は中川さんとミコが注目しているのがなんとなく面白い。

今日はどろっとした何かが出てきた。透明、というかちょっと色がついているような？　しかも固形が入ってる？

なんだろうと、中川さんがおそるおそる味見をした。

「これは……ドレッシング？」

「玉ねぎドレッシングじゃない？」

また肉にかけたらうまそうなものが……。

中川さんも同じ考えのようだった。ちょうどおあつらえ向きにマップに赤い点が見えた。

「……なんか来るかな、たぶん」

「ホントにっ⁉」

ってわけでまたドドドドドッ‼　とイノシシもどきが攻めてきて醤油地帯で倒れた。それにしても、あまりこの辺には魔獣がいないと聞いたわりにはよく攻めてくるよなぁ。ヘビの縄張りの方は大丈夫なんだろうかとちょっと心配になった。

『心配ない。人がいるから獣が狂って攻めてくるのだ。いいかげん獲物が増えすぎておるから淘汰《とうた》してもかまわぬじゃろう』

「淘汰って……」

俺は中川さんと顔を見合わせた。

「スクリ、そんなにこの森の獣は増えているの？」

『うむ……そうであったな？　南の』

『そうだ。我らも食う分しか獣は獲らぬ故、ここのところ増えているようだ。そして獣は基本的には森から出ないが、森の外に見慣れないものを見つけたら確認する習性がある。それで毎年人の土地にも被害が出ると聞いたことがあったな』

「へー」

「そうだったのか」

人がいるから攻めてくるって、俺と中川さんが一緒にいるから余計ってことなんだろうか。なかなかに謎が深い。

「なんで獣は人に対して狂うんだ？」

『自分より弱そうなのがいたら簡単に食えるだろう』

オオカミがさらりと答えた。弱肉強食ってことですね。

「ってことは、鼻がすごくいいのか？」

『悪くはなかろう』

人間の匂いを嗅ぎつけて来ているのかどうかは知らないが、自分たちより強い存在がいることを忘れちゃいけないんじゃないのか？　と思ったけど、魔獣じゃないからわからないし。つか、知らないことが多すぎてメモが追いつかない。

「この森の中の距離感もイマイチ掴めないから……明日は昨日言ってた北の人に会いに行きたいと思うの。スクリ、お願いできる？」

『我は居場所など知らぬぞ』

「じゃあ、オオカミさんにお願いしてもいい？」

中川さんが真摯《しんし》に聞いた。

『かまわぬが、そなたはどうする』

「あ、俺も行きたいです」

というわけで今日中に準備をし、明日から出かけることにした。

「ミコも一緒に行くか？」

と聞いたらククククと鳴かれた。一緒に行ってくれるみたいだ。うちのミコは優しいよな、となでなでさせてもらった。毛がフワフワで幸せです。心なしか、ミコの表情も嬉しそうに見えた。

9章　北へ向かうことにした

翌朝、いつも通り水汲みに行き、朝食を食べてからオオカミに乗せていってもらうことになった。

ヘビは自分の縄張りを見てくるらしい。俺もイタチたちが心配だったので内心ほっとした。ミコだけじゃなくて、他のイタチたちも最近は特に自分の家族だって思えてきているから。

「そういえば、オオカミさんは縄張りを空けていて大丈夫なんですか？」

中川さんが聞いた。それは俺も思った。

『我の縄張りには何もないからのぉ。例え他の者が来たとしても蹴散《けち》らしてやればいい』

「何もないって……」

『水場もなければ木が生えておるわけでもない。ただの寝場所にすぎぬ』

「……主がいた時はどうしてたんですか？」

『南東におったな。あの頃はちょうど縄張りを持つ者がおらなんだ』

「南東には水場があるんですか」

『ある』

そこまで話してから、『行くぞ』とオオカミが唸るように言った。質問が多すぎたかもしれない。悪いことをしたなと思った。

中川さんと俺はリュックをしょってオオカミの毛に掴まった。ミコはいつも通り俺の上着の内ポケットの中に納まっている。

北に向かうのにどれぐらい時間がかかるのかということは、昨日のうちに聞いていた。オオカミが昼から駆けて日が沈んだら休んで、また日が昇《のぼ》ったら駆けて昼になるぐらいには着くという話だった。つまりどこかで一泊することになるらしい。確かにヘビよりもスピードが遥かに速い。ヘビに聞いた話を思い出すとものすごいスピードだが、何故かオオカミが走っている間も息が苦しくはならない。なんらかの魔法の効果があるのだろうかと思った。

とにかく、俺のリュックの中には大概の食料は入っているから1泊ぐらいなら問題はない。ミコも休憩地点に着けば適当に飯を探すだろうし。あ、もちろんサバ缶は出すよ。

オオカミは途中竹林で何度か休んだ他はずっと駆けてくれ、日が沈む頃には北の誰かの縄張りに到着した。

『北の！』

『……なんじゃあ～……南のか。それは我への貢物《みつぎもの》かえ？』

誰かの縄張りは半分ぐらいが水場だった。オオカミがアオーンと声を発したところで水から上がってきたのは、とんでもなく大きいワニだった。目がギョロギョロしていてとても怖い。俺でもぱくりと一口で食えそうである。

『そなたに貢物など持ってくるわけがなかろう』

オオカミは冷たい声で応じた。ミコが俺の内ポケットから出て、するりと俺の首に巻きついた。そしてキイイイイッッ!! とワニを威嚇した。中川さんは無意識に俺の後ろに下がっている。

『……なんじゃ、イイズナのか。もう1匹は?』

『東のだ』

『それならば仕方ないのぅ。して、なんの用じゃ』

ワニは残念そうに嘆息した。どうやら誰かの主を食ったりはしないらしい。ほっとした。中川さんも俺の背後でほうっとため息をついたようだった。

『一晩休ませよ』

『かまわぬが……何故に別の者の主を連れておるのじゃ。ここのところの騒がしさとなんぞ関係でもあるのかのぅ』

騒がしいのか。聞いてみたかったが、今さっきまで俺たちを餌だと思っていた相手に声をかけていいものかどうか判断がつかなかった。

『そこまで騒がしいのか』

『うむ。死にかけの人間がそこらじゅうにごろごろおったわ。ほとんどが獣に食われたが……』

『この辺りまで来ることができたのか』

『そのようじゃ』

『ふむ……北の人間たちも少しは成長しているとみえる』

よくわからない会話だったが、俺たちは青褪《あおざ》めた。

この辺りまで人間たちは入ってくることはできたが全滅したらしい。ごろごろということはかなりの数で入ってきたのだろう。

『何故死ぬとわかっていて入ってくるのやら。餌が増えるのはいいことじゃがのぅ』

ワニがグッグッと声を上げて笑った。確かにそうだよな、と思った。

この森に入ってきたら命がないことはみな知っているはずだ。特に北にはかつて召喚された少女が王に嫁《とつ》いだはずだ。それなのに何故。

でももしも国を上げて森を攻略しようとしているのならば、兵士は逆らえないか。ひどい話だと思った。

『騒がしいのはいつからだ？』

『さぁ……そんなに前ではないのぅ。つい……最近じゃ』

『そうか』

コイツらの時間感覚はあまり当てにならないので気にしないことにした。オオカミが紹介してくれるまではミコを撫でてじっとしていることにする。後ろから、

「ミコちゃん、触らせてもらっていい？」

小声で中川さんが聞いた。ミコはキュウと鳴いて許可した。後ろからさわさわと触られているかんじで少しくすぐったいが、俺は耐えた。中川さんもきっと不安に違いなかった。こんなことなら、他のイタチたちにも来るかどうか聞いた方がよかったかもしれない。

ワニはオオカミとまったり会話をしてから、また水の中へ戻っていった。これは池と言えばいいのかな。

『そなたら、何をぼーっと突っ立っている。人間は弱いのだろう。すぐに飯を食うか寝るがよい』

そして何故かオオカミに叱られた。一応会話が終わるまで待ってたんだけどな。ワニにも挨拶した方がいいのかなと思ったし。

「ワニに挨拶はしなくていいのか？」

『挨拶など必要ない。我と共におるのだ。アヤツにも手出しはさせぬ』

「そっか。じゃあなんか食べるか」

やっぱり感覚がわからないから困る。もう暗いのでとっとと寝ようと思ったが、オオカミとミコにポテチを所望されたのであげて、俺と中川さんはカロ○ーメイトを齧り、水を飲んで寝た。ビニールシートを原っぱに敷いて、中川さんはいつもの寝袋に。俺はビニールシートの上に段ボールを敷き、もう1枚上着をかけて寝ることにした。一応飯を食っている間にビニールシートを敷く予定の場所は燻したので虫対策もどうにかなったと思う。ミコは相変わらず俺にくっついて寝てくれた。

ミコは癒しだよなぁとしみじみ思った。

翌朝、起きたら目の前にでかいワニの顔があった。

悲鳴を上げなかったのは奇跡だと思う。ミコは俺のビクついた動きで目を覚ましたらしく、俺の驚きに気づいたのかするりと俺の腕から出た。そしてワニの口をがぶり！　と噛んだ。いや、いくらなんでもワニは……と思ったが、ワニは、

『いーーーーーーーっっ！　な、なななにをするんじゃイイズナーーーーー!?』

と驚愕の声を上げた。

キイイイイイッッ!!　とミコが威嚇の声を上げたことで、ワニは後ずさった。

『一齧りぐらいかまわぬではないかっ！　全く、主というのも面倒じゃのう～！』

ワニは前足で長い口を撫でるようにすると、ぷりぷり怒って踵《きびす》を返した。いや、一齧りされたら多分死ぬし。はっとして中川さんを窺った。何故か寝袋のまま俺に寄り添っていてほっとした。よかった。

「ミコ、ありがとうな」

あとでポテチをあげることにしよう。そういえば昨日の調味料は塩だった。竹筒には移してあるから今日水筒を開ければまた違う調味料が出てくるに違いない。ミコやオオカミ、ヘビはとても頼もしいが、こういった調味料が人里でどれぐらい流通しているかはわからない。塩って簡単に手に入るものかな？　そうでなければこれから会う人に話を聞く代金にはならないかなと考えた。でも代金になるぐらいだと塩って専売とかになるのかな。日本の歴史だと明治38年に塩は専売になって、それが平成9年まで続いたんだよな。こっちの世界がどうだか知らないが、目をつけられるのは嫌だなと思った。

ワニは一度池に戻ったが、また出てきた。俺たちを見ているわけではなく、この原っぱの周りの木々の向こうを睨んでいるように見える。俺はマップを見て愕然とした。赤い点が３つも近づいてきていた。

「オオカミさん！」

『そなたも武器を構えよ』

「はい！」

「……ん？　なーに……？」

中川さんが目を覚ましたようだが、今はちょっと構っていられない。俺は中川さんをかばうようにして醤油鉄砲を木々の方へ構えた。それと同時に先日オオカミから継承してもらった魔法を発動させる。これで醤油鉄砲の飛距離が伸びるはずだ。あとは俺の力加減を調整すればいい。

ドドドドドドドドッッ!!

いつもより激しく地を震わすような音が響いてきた。ワニは瞬時にオオカミと共に音のする方へ移動する。マップを確認しながら今だ！　と思った。

ビューーーッ！　と音がし、醤油が木々の向こうに飛んでいく。

ブギイイイイイイイッッ!?

大きなイノシシもどきの姿が現れ、木をなぎ倒して事切れた。よかった。醤油が当たったらしい。ワニとオオカミもそれぞれ1頭ずつ倒した。あちらはでかいシカもどきだった。なんつー大きさだと呆《あき》れた。

『……なかなかやるではないか』

ワニが感心したように言う。そのワニはというと太くて長い尾でシカをなぎ倒し、喉笛を食いちぎった。喉笛、というか顔をまんま食ったようなかんじである。すごい迫力だった。オオカミは横から食らいつき、倒してから喉笛を噛み砕《くだ》いていた。なんかもう全てが大きいので怪獣大決戦かよとげんなりした。朝からなんつーハードな体験をしなくてはならないのか。

マップを確認する。今のところ赤い点は近くにないようなので、イノシシもどきを運んでくることにした。

「中川さん、イノシシ運ぶの手伝ってもらっていいか？　ワニさん、池の水を少しもらってもいいかな？」

「うん！」

『かまわぬが、シシも一口よこせ』

「俺と中川さんとミコが食べたあとの残りは貴方とオオカミさんにあげるよ」

『うむ。ならばよい』

ワニは嬉しそうに何度も頷いた。

『そなたら、我の獲物も解体せよ』

「はーい」

オオカミに言われて中川さんが返事をした。オオカミも解体してからの方が食べやすいようだ。その代わりイノシシもどきを中央部に運ぶのは手伝ってもらった。池の水は湧き水らしいので、できるだけキレイな部分の水を汲んでもらって湯を沸かした。解体する前に毛を毟らないといけないしな。そんなかんじで作業をしていたものだから、さすがに途中で腹が減って中川さんとまたカロ○ーメイトを食べながら続きをした。

シカもどきも解体したことで少し分けてもらえた。役得である。

全体的に能力が上がっているせいか解体するのもかなり楽にはなっている。内臓がべろんとうまく取れたのでオオカミにとても喜ばれた。

今持っている調味料が醤油と塩だけなので、解体が済んでから水筒を開けた。ギャラリーの視線が相変わらず痛いっす。

水筒のコップに出そうとしたがなかなか出てこない。出てきそうだなとは思ったけどすぐに蓋を開けた。

「あー……」

なんでここでタルタルソースなんだ。ミコへのご褒美《ほうび》か？

「なんだったの？」

中川さんに聞かれた。

「タルタルソースなんだよ。ミコの大好物なんだ」

「じゃあ、よかったじゃない」

うん、ここにイタチが1匹しかいなくてよかったと心から思うよ。ミコ用に紙皿を出してそこにこんもりとタルタルソースを出したら、ミコの目がキラキラした。本当に好きなんだな。

「ミコ、俺と中川さんも少し食べていいかな？」

キュッ！ と鳴いてくれた。どうやら許可が下りたようである。ほっとした。

『イイズナよ、それはなんじゃ？』

ワニが近づいてきたが、またキイイイイイッッ!! と激しく威嚇されて逃げ帰った。タルタルだけはだめなんだよ、タルタルだけは。オオカミも一口よこせとやってきたけどミコに超怒られていた。うんうん、ミコにはかなわないよな。

水筒からタルタルソースを全部出し、洗うのにお湯を入れて水筒を振る。そしてその汁を中川さんと俺のコップに注いで塩を足したりして味の調整をした。調味料だけでちょっとしたスープになるものだ。まぁ、なんつーかちょっと物足りない気もするけれど。文句を言ったら罰《ばち》が当たるよな。

焼いた肉にタルタルは悪くないけど、やっぱり俺は焼肉のタレの方が好きだなと思った。

肉をもう食べられるだけ食べて、食休みをしてから出発することにした。

本当は明日出発でもよかったのだが、オオカミが長居《ながい》を嫌ったのだ。運んでくれるのはオオカミなので特に異論はない。よろしくとお願いした。確かにここにもう一晩いたら本当に一醤りされてしまうかもしれないし。中川さんが知らないのは幸いで、さすがに目の前に巨大なワニの顔があったのは恐怖だった。

『もう行くのか。……せめて一齧り……』

キイイイイッッ!!

ミコが懲《こ》りないワニを再び威嚇した。ミコさんとってても頼もしいです。愛してます。ワニがずずずっと後ずさり、忌々《いまいま》しそうに尾をぶんぶん振った。

『ふん！　行け！　行ってしまえ！』

「ありがとうございました」

中川さんと、ワニに頭を下げてオオカミの背に乗った。一応休ませてくれたので、感謝はしている。一齧りは勘弁してほしいけど。

シカ肉とシシ肉もどきは一部新聞紙に包んで俺のリュックの中に入れてある。人に会う手土産代わりだ。これで北の国の様子とか教えてもらえるといいな。

『森と大地の境は臭い。一気に行くぞ』

「はい！」

臭いって、なんで臭いんだろうと思いながらぎゅっと掴まった。

『目を閉じておれ』

オオカミはしばらく走ってからそう言った。その通りに目を閉じたが、なんでだろうと思ってつい目を開けてしまった。

「…………」

地獄だと思った。そうだ、ヘビも言ってたじゃないか。森の境で人と魔獣がって……。

むわっとした生臭いような、濃厚な匂いが鼻をつく。これを臭いとオオカミは言っていたのだろうか。でもこれはオオカミからしたら、獲物がそこにいることを知らせる匂いなのではないだろうか。それとも違うのだろうか。

中川さんはオオカミの言う通りに目を閉じていますように。そう願いながらオオカミの背に掴まっていた。

『着いたぞ』

そう言われておそるおそる目を開ける。そこは木々が密集したような場所だったから、一瞬どこにいるのかと思ってしまった。

「ここは……」

オオカミの背から下りて辺りを見回す。すでに夕方らしく、辺りはもう暗くなりかけていた。

『森からは出た。林、というのか？　そんな木の集まりだ』

「そうなんですね……ありがとうございます」

まだ森を出たという実感が湧かなかった。

『森の側にはまだ人間たちが集まっているからのぅ。だいぶ余分に駆けてしまったわい』

「そうだったんですか」

「じゃあ、ここには獣は出ないんですか？」

中川さんが聞いた。

『そうじゃな。森の中にいるような獣はおらぬ』

中川さんはほっとした様子だったけど、それってなんか言い方に含みがあるような？

といぶかしく思ったら、マップ上に赤い点が現れた。どこだ？　どこからだ？　周囲を見回したら、大きな鳥が見えた。

あれか？

醤油鉄砲を構え、飛んでくるだろう軌道《きどう》に沿って補助魔法を使いながら撃った。

ギャアアアアアッッ!?

バサバサッと大きな羽を何度か羽ばたかせ、鳥が落ちた。一発で落ちてくれてよかった。

「えーっ!?」

中川さんが驚愕の声を上げる。

「オオカミさん、あれは？」

『ほほう。そなたクイドリを狩れるのか。重畳《ちょうじょう》、重畳』

オオカミは満足そうに頷いた。重畳、じゃねえよ。あんなでかい鳥がいるとか聞いてないし。

『あれをもう2、3羽狩れば今宵《こよい》は手を出してこぬじゃろう。また来たぞ』

「ええぇ？」

ま、醤油鉄砲は1個じゃないけどな。装填《そうてん》にちょっと時間がかかるから常に4個ぐらい持っているのだ。どうしても使い勝手が悪い。

それから、やっと正気に戻った中川さんと共に3羽クイドリとやらを狩った。どうやらこの林はクイドリとかいう鳥の縄張りらしい。だがこちらが強ければ林の奥に逃げてちょっかいはかけてこないとのことだ。だからそういうことは先に教えてくれっての。

ちなみに中川さんが使ったのは俺の醤油鉄砲である。弓はさすがにでかくて、今回は持ってこられなかった。

「これいいねー。私の分も作ってー」

中川さんはご機嫌だった。水場は近くにあったのでそこで羽を毟り、焼いて食べた。本当に、かなりの大きさだった。こんなずっしりした身体でどうやって飛んでいるんだろう。主に滑空《かっくう》するようなかんじなのかな。

1羽はお土産にすることにし、1羽はオオカミに丸々提供し、1羽はストックにして、1羽分を中川さん、ミコと一緒に食べた。トリ肉うめえ。醤油と塩だけでもすごくうまかった。

（タルタルは隠してある）

『クイドリはうまいのぅ。そなたらを連れてきて正解じゃったな』

オオカミもまたご機嫌だった。それって、もしかしてこの鳥を狩るために連れてこられたんじゃ？　とは思ったが、俺たちだけではなかなか森を出られなかっただろうから素直に感謝しておくことにした。オオカミが見張りをしてくれるというので頼み、一部の場所を燻してからそこで寝ることにした。燻すと虫に食われたりする危険性は減るが、身体が煙臭くなるのが難点だ。翌朝ミコも起きてからはしきりに毛づくろいをしていた。

それにしてもさすがにビニールシートに段ボールを敷いただけの上で、2晩も寝ると身体が痛い。身体を伸ばしていると赤い点が見えたので、醤油鉄砲を用意して赤い点が来る方向に向けて撃った。魔法の使い方も慣れたものだ。

ギャアアアアッッ⁉

朝になったら襲ってくるとか頭悪いのか？　それとも様子を見に来ただけかな。それからもう1羽を狩り、焼いている間に水筒の中身を確認した。今日はマヨネーズだった。何？　どんだけ俺の水筒はミコ推《お》しなんだ？　そろそろまた焼肉のタレが欲しいんだけどなー。

醤油マヨで食った鳥は涙が出るほどおいしかった。中川さんも絶品ー！　とか叫びながら食べていた。うん、醤油マヨには誰もかなわないよな。ごめん、水筒様。これからもよろしく頼みます。

トリ肉な朝食をいただいてから出発するということになっていたが、オオカミは首を振った。

朝早く起きて、周りを見てきたらしい。

『近くに住む者たちは家を取り上げられたようじゃ。こうなれば王都とやらに直接向かった方がいいやもしれぬ』

「え」

「なんで？」

中川さんが疑問を呈《てい》した。

『王都であれば我を知る者もおろう』

「え、でも」

「オオカミさんの主さんはもう亡くなっているんでしょう？　それじゃ知ってる人がいるかどうかわからないと思いますけど」

中川さんがはっきり言ってくれた。

『……どこかに我と主の肖像画があるはずじゃが……』

「肖像画って……王都の真ん中に飾られるものじゃないですよね？」

『ううむ……』

中川さんに言われて、オオカミも考えるような顔をした。この辺りに住んでいた人たちはどこへ行ったんだろう。兵士に聞いたらわかるんだろうか。でも相手は兵士だしな。

「いっそのこと、兵士に顔を見せてこの辺に住んでいた人の消息を聞いた方が早いのではないですか？」

『アヤツらはすぐに矢だの槍だの投げてくるからのぅ……つい殺してしまいそうになるんじゃ』

「……それは困りましたね」

八方塞《ふさ》がりなのか。でも近くに村みたいなものってないのかな。

「他に、村みたいなものってないんですか？」

『……東の山の麓の方に1つ村があった気がするのぅ』

「じゃあ、そこへ連れていってください」

中川さんが言う。オオカミは頷いた。

『承知した。乗れ』

そうしてやっと方針が定まった。ほっとした。

で、オオカミの記憶を頼りに山の麓の村に到着した。

まずオオカミの姿を見つけたのはその村の人だった。

「ひっ！　な、なんでここに魔獣がっ⁉」

やっぱりオオカミは魔獣に見えるんだな。俺と中川さんは最初様子見で、オオカミから少し離れた位置で降りていた。

『魔獣ではない！　責任者を連れてくるがいい！』

最初からオオカミはえらそうだった。村の人は規格外に大きいオオカミを見て腰を抜かしたようだった。その人の様子を見に行こうとする中川さんを制して、俺が声をかけることにした。

中川さんになんかあったらたいへんだし。

「すみません、森のオオカミを知っている人がこの村にはいませんか？　ちょっと聞きたいことがあって寄ったのですが……」

「あっ？　アンタ何モンだ⁉　魔獣を使役《しえき》するなんてっ⁉」

「魔獣じゃないんです。でっかいオオカミを知っている人がいたら話を聞きたいんですけど……」

「寄るな！　寄るなぁー！」

村人は持っていた鎌《かま》のようなものをぶんぶん振り回した。そんな風に振ったら自分の方が危ないと思うんだが。

「危ないですよー」

「トロ！　どうしたんだっ!?　……あっ……」

あんまりその人がわあわあ騒いでいたせいか、村の方から何人か駆けてきた。みな男性である。どうしようかなと思っていたら、そのうちの1人がオオカミを見た途端平伏した。

「ラ、ラン様！　どうかお許しください！　この者たちはラン様を知らないのです！　どうか、どうか……」

オオカミをちら、と見ると少し考えるような顔をした。

『……そなた、この村の出身ではなかろう？』

「はい！　森の側に住んでおりましたテトンでございます！　国の兵士に家を奪われここまで参りました……」

『そうか、それは難儀じゃのう。そなたに頼みがある』

「はい！　なんなりとお申し付けください！」

俺たちもそうだったが、腰を抜かして倒れている者、そして一緒に来た者たちも彼の様子を見て目を丸くすることしかできなかった。ラン、というのはオオカミのことだろうか。ランって、かつての主が名付けたのかな。

オオカミは鼻先で俺と中川さんを押し、彼らに見えるようにした。

『この者たちが森に現れた。我が主と同じ場所からやってきたに違いない。そなたらに聞きたいことがあるそうじゃ。とくとその問いに答えよ』

「わかりました！　どうぞついてきてください！」

『そなたたち、乗れ』

「あ、ハイ」

「？　はい」

俺たちは再びオオカミの背に乗り（今度は腰掛ける形で）、いい返事をした人のあとについていった。村人たちが慌ててオオカミを避けて道を譲《ゆず》る。みな度肝《どぎも》を抜かれたような顔をしていた。オオカミ、でかいもんな。

「村長！　森の御方《おかた》がいらっしゃったぞ！」

彼に先導されていくと、道の真ん中に仁王《におう》立ちしている男がいた。その男に彼は声をかけた。

「森の御方だと？　もしや、ナオミ様の騎獣《きじゅう》か？」

『騎獣などではないわ。あのような者と一緒にするでない』

オオカミは不本意そうに唸った。村長、と声をかけられた男はビクッとした。

「しゃ、しゃべった……」

やっと普通の人が出てきたと思った。動物がしゃべるとか普通ないよな。

『我は森に棲む者だ。この者たちの問いに答えよ』

「な、何を言ってるんだ？」

男はいぶかしげな顔をした。そうなるよなぁ。人じゃないから前置きとか何もなくて困る。それでもオオカミは俺たちに対しては気を遣ってくれていたということはわかった。

「ラン様に乗られている方々は、ナオミ様と同じところからいらっしゃったようだ。聞きたいことがあるということで、こちらにいらしたそうだ」

「そ、そう、か……ならばわしの家へどうぞ」

「ありがとうございます」

「お世話になります」

彼が補足してくれて、村長もやっとこちらの言いたいことがわかったようだった。オオカミの上からで申し訳ないとは思ったが、礼を言った。そしてそのまま村長の家へ向かった。

なんつーか、今のやりとりだけでとっても疲れた。すると内ポケットの中からミコが顔を覗かせた。

「ミコ、まだおとなしくしててくれ」

そっと言うと、ミコは身体を伸び上がらせて俺の頬をぺろりと舐めた。そしてまたするりと内ポケットの中に戻った。

「……山田君、いーなー」

ミコさんのサポートが完璧すぎてやヴぁいっす。中川さんに恨《うら》めしそうな目で見られたけど、これはもうしょうがないかなと思った。

そういえば突然村人と遭遇したということもあり、まじまじと観察はしていなかったが村長の額には角があった。真ん中にわかりやすい一本角である。多分5センチぐらいだろうか。村長の元へ案内してくれた人には角がなかったけど、住んでいるところによって角のあるなしが変わるのかもしれない。そもそも角の有無について聞いてもいいものなのかどうかは悩むところだ。

村長の家はあばら家に毛が生えた程度の大きさの家だった。お世辞《せじ》にもいい家とは言えない。それでも安全地帯に俺が作った寝床よりはましだろうと思われた。

「どうぞこちらへ。ラン様は……」

『我はここにいる。話が終わったら声をかけよ』

村長の家の扉は、人は入れるけどオオカミが入るには狭そうだった。オオカミは家の扉の前に寝そべった。その時に俺たちはオオカミの背から下りた。

「オオカミさん、ありがと」

「ありがとうございました」

『礼などよい。とっとと用件を済ませよ』

そして俺たちは促されるままに村長の家に足を踏み入れた。入ってすぐ横には竈があった。いわゆる土間《どま》である。そこから1段上がったところに通された。

「座ってくれ」

村長に促されて板の間に座る。

「で？　森から来たと聞いたが何が知りたいんだ？」

「村長！　この方々はナオミ様と同じ世界からいらした尊《とうと》い方です！　そのような口の利き方は……」

「あ、いえ。突然来たのは僕らの方ですから全然かまいません」

案内してくれた人は村長に怒ったが、それほどのことでもない。俺たちはオオカミより恐れる相手ではないと判断されたのだろうし。

「ただで教えていただこうとは思っていません。一応森から手土産を持ってきました。お口に合うかどうか……」

「手土産、だと？」

途端に村長の目の色が変わった。中川さんと目配《めくば》せする。ここで出すのはシシ肉もどきだ。どう見てもこの村は豊かとは思えないから、肉を出せばすらすら答えてくれるのではないかと思ったのだ。

「はい。この世界では何の肉と言うのか名称はわかりませんが、森の獣を狩ったので……」

「森の獣だと!?　あんたたちは森の獣が狩れるというのか!?」

「はい、まぁ……一応」

醤油とか焼肉のタレにすっごく助けられてるけどな。だって即死効果高すぎだし。

それよりも村長の食いつきが激しくてちょっと引く。助けを求めるように、ここに案内してくれた人を見たが、その人もまた信じられないものを見るような目をしていた。まぁ、普通イノシシもどきに突進されたら終わりっぽいもんな。

「み、見せてくれ……」

「はい」

俺はリュックから新聞紙の包みを出した。これはシシ肉のブロックだったはずだ。

「私たちの世界の紙に包んであります。これを剥がして確認してください」

「わ、わかった……。おい！　お前！　肉だ！　肉が来たぞ！」

隣の部屋にいたらしい女性が顔を出した。その女性の額にも一本角があった。

「お客様ですか？」

俺たちは女性にぺこりと頭を下げた。女性は村長より何歳か若く見えた。奥さんだろうか。

「お客様から肉をいただいた。ちょっと開けて確認してみろ」

「はいはい」

女性が目を閉じた途端、パァッと一瞬光が舞ったような気がした。

「⁉　え？　今の、何？」

中川さんが狼狽《うろた》えた。

「洗浄の魔法だが……ああ、向こうの人間は使えなかったか」

「ええ？　あの……その魔法って教えてもらうことはできるんですか？」

中川さんが瞬時に食いついた。確かにそんなチートな魔法があるなら習得したいものだ。

「継承はさすがに……ただでは……」

女性が言葉を濁《にご》した。対価を払えということだろう。当たり前だと思った。オオカミがこの魔法を持っているならオオカミから継承してもらえばいいが、オオカミが持っているとは限らない。それに肉はまだ持っていた。

「ええと……あと1包みなら肉は持ってきたんですけど……それで私と彼に教えてもらうことはできませんか？」

村長は鼻を鳴らした。

「あと1包みしかないなら1人だけだ」

あ、コイツ足元見やがったな。あとクイドリが1羽分あるはあるが、それはさすがに払いすぎだろう。洗浄の魔法を持っているのはこの人だけではないだろうし、ここはやめておいた方がいいと思った。

村長の言い分を聞いて憤《いきどお》ったのは案内してくれた人だった。

「な、なななんと強欲《ごうよく》な！　私も洗浄の魔法は使えます。私であればただでお2人に洗浄魔法を継承いたします！」

「え？　いいんですか？」

「それは助かりますー」

ただで教えてもらおうとは全く思ってはいないが、普通ただで教えてもらえるっていうならそっちに頼むよな？　中川さんも嬉しそうににこにこしている。

「あ、いや！　一包みでお2人に教えますから！　いえ、あの、その、半分でも！」

村長と女性が慌てた。やっぱり肉は欲しいようだ。

「お肉の包み半分で、私たち2人に教えていただいてもいいですか？」

中川さんがとてもいい笑顔で女性に頼んだ。

「は、はい……もちろん……」

女性は戸惑いながらも、中川さんと俺に洗浄魔法を継承してくれた。やったー！　洗浄魔法げっとー！　と内心ガッツポーズである。この魔法というやつは必ず習得できるものではないらしいが、俺たちは無事手に入れることができた。チート万歳、である。

もう1包みの肉（こっちはシカ肉もどきだ）を半分に切り、村長に渡し、もう半分は案内してくれた人に渡した。案内してくれた人は驚いたような顔をしていた。もらえると思ってなかったようである。

「あ、あの……私がいただくわけには……」

「いいえ、ここまで案内していただきましたからその対価です」

そう言って是非《ぜひ》にと受け取ってもらった。村長は苦虫《にがむし》を噛みつぶしたような顔をした。でも肉のブロックは半分でも多かったようで、そのまた半分に切り、4分の1をその人はもらってくれるみたいだ。4分の1は村長に渡していたので、村長宅の取り分は4分の3と先ほど渡した1ブロックである。

とまぁ話は大いに脱線したが、やっとこれからどうにか話が聞けそうだったのだが……。

村長の奥さんと思《おぼ》しき女性が魔法でキレイにした手で新聞紙を剥き、肉を見て目を輝かせた。

「まぁあ！　なんておいしそうな魔獣の肉でしょう！　これは森の魔獣ですね⁉」

「は、はい……」

中川さんが両手を握られて困惑していた。

「貴方がたが狩ってきたの？　素晴らしいわ。これだけの量があれば村中に行きわたるでしょう！」

「えええ？」

中川さんは驚いたような声を出した。中川さんの気持ちはわかるが、俺は彼女に目配せした。彼女もそれに気づいてくれたのかすぐに黙った。

ここに案内してくれた人も俺たちを拝んでいる。いつまで経っても話ができない。

「あのぅ、すみません。肉はもう差し上げたものなので好きにしていただいてかまわないのですが、教えていただきたいことがあるんです。貴方は、村長さんですよね？」

「ああ、はい。私がこの村の村長だ。これは私の妻。そしてこの男は森の側で暮らしていたテトンという者だ」

そうだ。テトンと名乗っていた。名前をなかなか覚えられなくて困る。

「僕は山田と言います。彼女は中川です。森にいました。大体……120日ぐらい前にこの世界に来ました」

1カ月とかそういう単位がこちらでも使えるかどうかわからなかったので日にちで言ってみた。少なくともそれぐらいは経っている気がする。約4カ月だな。

「120日、というと大体4カ月前ぐらいに来たのか。それで聞きたいこととは？」

4カ月でよかったみたいだ。あ、でも俺たちの言葉って自動で翻訳されてるのかな。

「僕たちはオオカミやヘビ、そして……」

トントンと内ポケットの辺りを叩く。ミコがなーに？　というように内ポケットから顔を出し、するりと俺の首に巻きついた。

「ひぃぃっ!?」

ミコの姿を見てか、テトンさんが盛大に後ずさった。村長と奥さんの腰も引けている。

「このイタチと暮らしてきたのですが……」

「そ、それはイタチではありません！　神の使いのイイズナ様ですっ！」

テトンが悲鳴を上げるように言った。

え？　神の使い？

俺はいぶかしげな顔をしたと思う。

「ミコ？　お前神の使いなんてたいそうなものだったのか？」

ミコに聞くと、ミコは何言ってるの？　というように尻尾で俺の肩をぺしぺし叩いた。なんだこのエリマキかわいいじゃないか。

「イ、イイズナ様の主ということなのか……な、ならば魔獣を狩れるのもわかるが……」

村長が顔を引きつらせながら呟いた。

またわからないことが増えてしまいどうしたらいいのかわからない。とりあえず神の使いぅんぬんはスルーすることにした。それについては後回しだ。

「ええと、森のこういった生き物たちと暮らしてきたのでこの世界のことがよくわかっていないんです。森の広さとかってわかりますか？　ちょっと距離感がわからなくて困っていまして……」

その問いに答えてくれたのはテトンだった。

「森は……東西南北同じぐらいの距離と聞いたことがあります。確か、かつて森に沿って東から西に歩いた者がいたそうです。その者の話によれば余裕を持って歩いて2カ月ぐらいかかったと……」

俺は中川さんと顔を見合わせた。ということは森の中を端から端まで人が普通に歩いたら2カ月ではきかないということではないだろうか。（障害物もあるし獣も襲ってくる）俺がいた安全地帯はほぼ森の中心にあったはずだ。となると、人が歩いて1カ月の距離をわずか2日で駆けるオオカミってなんなんだ？　スポーツカーなのか？

おそらく俺たちの歩くスピードも相当上がっている気がする。森のものを食べていたせいなんだろうけど、チートすぎるよな。

ということは以前推測した歩いて20日（安全地帯から森の端までの距離である）というのは見当違いだったわけだ。

「となると、森の中の障害を考えたら北から南に向かうのに2カ月以上かかることになるんですか」

一応確認してみた。

「はい、おそらくはそうなるかと。ただ、迂回《うかい》するには船に乗るか山の切れ目まで進まなければなりません。そちらの方が遥かに距離が長いので、王は森をどうにかしたいと思っているようです」

テトンは俺たちが聞きたいことをなんとなく察してくれているようだった。

「森をどうにかするために兵士を投入しているのですか？　大体それはいつからなんです？」

「私たちが森の側の家から追い出されたのは今から1月ほど前です。そのもっと前……そうですね2カ月以上前からでしょうか、毎日沢山の兵士が森に入ろうとしていたのですが……その……まだ入ろうとしているのでしょうか」

テトンは追い出されたからそのあとのことは知らないのだろう。

「どうもまだ兵士は森の側にいるようです」

そう答えると、みな難しい顔をした。

「森の攻略は我が国の悲願でもあるが……何故今になってそんなことを……」

村長がいぶかしげな顔をした。それで大体の話はわかった。

おそらく近隣の住民は、なんのために兵士たちが森に入ろうとしているのか知らされてはいない。やはり俺たちのどちらかがこの国で召喚されたのだろう。それかもしかしたら俺たち2人同時だったのかもしれないけど。

「ここから王都まではどれぐらいかかりますか？」

「ここからですと……急いで歩いても1カ月以上はかかります」

テトンが答えた。

「あの……この国の歴史を少し知りたいです。オオカミさんの主さんがいらしたのは大体どれぐらい前なんですか？」

中川さんが口を開いた。そうだ。それも聞かなければいけなかった。

「ナオミ様がいらしたのは……私の祖父の、そのまた祖父が生まれた頃にはまだご存命《ぞんめい》であったとは聞いています」

祖父の祖父……こちらの世界の世代交代を20年と考えてもざっくり100年ぐらい前か。あのオオカミ、本当にどれぐらい生きてるんだよ。

「そのナオミ様は確か、森に手を出さないようおっしゃられていたのでは？」

「そうなのです……ですから私たちも困っています」

テトンはそう答えて肩を落とした。

この分だとオオカミさんの主が召喚されてきたことを知っているのは王とその関係者だけだろう。これはやっぱり王都へ向かう必要があるのかと思ったらげんなりした。

一通り話が聞けたので一旦《いったん》辞そうとしたら村長に引き止められた。どうせだから昼飯を食べていけという。

『なれば我はこの辺りの獣でも食ろうて参ろう』

と中川さんが言うのでごちそうになることにした。家の外にいるオオカミに言いに行くと、

「この辺りの食べ物にちょっと興味があるわ」

と言う。

「この辺りの獣？　もしや、家畜《かちく》じゃないですよね？」

一応確認する。さすがに家畜を襲ったら大迷惑だ。

『家畜じゃと？』

フン、とオオカミは鼻を鳴らした。

『あんなふにゃふにゃしたものが食えるか』

「ふにゃふにゃ？」

聞いたことのない表現だったが、どうやらオオカミの口には合わないらしい。何がここへんで飼われている家畜かは知らないけど。俺からすると家畜の方が肉が柔らかくておいしかっ

たりするんじゃないかなって思うが、そこまで餌などを管理しているかどうかも怪しいからなんとも言えなかった。

「じゃあ、何を狩りに行くんですか？」

中川さんが聞いた。

『名前は知らぬ。この山のもう少し上の方にいる獣じゃ』

「へえ。それって俺たちでも狩れそう？」

『そのけったいな武器を使えば余裕じゃろう』

「じゃあ連れてってください。ちょっと村長さんに声かけてきます」

というわけで、昼食をいただくのはいいが先に狩りに行くことを村長たちに伝えた。村長たちは目を剥いた。

「この、山の上の方にいる獣ですと⁉」

「はい。オオカミさんが言うには俺たちでも狩れるみたいなので行ってこようかと」

「あ、ありがとうございます。あれらはわしらの作物や家畜を襲う恐ろしい獣なのです。狩っていただけるならとても助かります！」

村長たちとテトンさんにめちゃくちゃ感謝されてしまった。いや、まだ狩ってないから。落ち着いて？

「ええと……その獣って食べられるんですよね？」

一応確認してみた。食べられるか食べられないかでやる気が変わるし。

「はい！　もちろんです！　あれはこの辺りで極上とされる獣でして、王都のお祝いで使うために兵士がわざわざ狩りに来るほどです！」

「……へえ……そんな貴重な獣を狩ってしまってもいいんですか？」

聞けば聞くほど狩っていいものか心配になった。

「とんでもない！　わしらからすればとんでもない害獣です！　それにあれらは山中に沢山生息していますから、いくら狩っても狩り尽くすなんてことは不可能です！」

中川さんと顔を見合わせた。まぁ、3、4頭狩ったところでそこまで問題にはならないだろうと判断した。害獣と言うならむしろ狩った方がいいだろうし。

「じゃあちょっと行ってきます」

「どうぞよろしくお願いします！」

3人はそろって深く頭を下げた。俺たちは苦笑した。

「お待たせ。オオカミさんは1頭あれば満足する？」

『1頭狩れば十分じゃな。そなた、武器の用意は万全か？』

「ちょっと人気がないところまで走ってもらっていいかな？」

『了解した』

さすがに俺の武器を見られるわけにはいかない。そういえば水筒の中身をまだ確認していなかった。一度オオカミに止まってもらい、見てみることにした。

「ちょっと調味料の確認をするよ」

そう言ったら中川さんがすぐ側まで来て、ミコは俺の内ポケットから出て首にするりと巻きついた。本当に面白いなと思う。

今日の調味料は醤油だった。武器用の醤油が少なくなってきていると思っていたからちょうどよかった。ミコはなーんだ、というように内ポケットに戻ってしまった。

「これでしっかり狩れるな」

「山田君、私にも貸してくれる？　2、3頭は狩るんでしょ？」

「うん、村に最低1頭分けられるといいかな。あ、でもポーターがいないな。ソリかなんかあるといいんだけど……」

そう話していたら、

「ラン様～！」

何故かテトンさんがソリのようなものを引きずりながら全力でこちらへ駆けてきた。

「あれ？　テトンさん、どうしたんですか？」

「はい！　狩った獲物を運ぶ者が必要かと思いまして、お手伝いに参りました！」

おお、えらい。えらすぎるぞ。

「ありがとうございます、助かります」

ちょうどポーターの話をしていたところだったので助かった。彼には多めに分けてあげることにしよう。

そんなわけで、テトンさんの速度とまではいかないけど、ソリもどきを持ったテトンさんが見える位置をキープしながら俺たちは山を登った。つってもオオカミの上だが。

しばらくオオカミが走っていると、なんか角の長いヤギのような生き物を見つけた。マップを見たら赤い点がそこかしこに点在している。いつの間に、と思った。オオカミがいるとはいえちょっと緩んでるな。気を引き締めないと。

「オオカミさん、あれか？」

『そうだ。アヤツらは何か動くものを見ると突進してくるぞ』

オオカミはとても楽しそうに言う。俺たちはオオカミの背から下りた。赤い点がいくつも近づいてくるのがわかった。

「中川さん、左方向！」

「はい！」

俺は右方向からドドドドドド！　と音を立てて走ってくるヤギもどきに向かって醤油鉄砲を撃った。補助魔法を使って届く距離だったので、死んでから走り込んできても俺たちには届かなかった。それでも冷や冷やしたけどな。オオカミも走っていってヤギもどきを2頭倒した。あっという間に4頭倒した俺たちを見て、テトンさんはへなへなとその場に座り込んでしまった。

「な、なんと、なんという……」

「終わりましたけど……運べそうですか？」

腰が抜けたとかじゃないといいんだが。

獲物は大して大きくはなさそうだったけど、それでも俺たちだけで運ぶのはたいへんそうだ。テトンさんは5分ぐらいでどうにか復帰して、1頭はソリに載《の》せてくれた。オオカミが狩ったのはオオカミの背に縛りつける。あとの1頭は俺が担いだ。そうして中川さんに警戒を任せ、村に戻ることにした。

歩いてみれば、村からはそれほど離れてはいなかったようだ。

それでもテトンさんはバテているように見えた。俺たちの速度は人とは違うのだとやっと認識し、ちょっと反省した。

戻る途中で赤い点を見つけたので中川さんに伝え、醤油鉄砲で普通に倒してもらった。やっぱ醤油鉄砲は万能だよな。見た目がホントにイケてないけど。

テトンさんは俺たちが使っている醤油鉄砲を見て何か言いたそうにしていたが、特に何も言わなかった。もう少し肉を分けてあげようと思った。そんなわけで都合5頭倒して村に戻った。

「そ、そんなっ！　ゴートを倒すなんてっ！」

まだ村の手前にいた先ほどの男が叫んだ。もしかしたら見張りでもしているんだろうか。それにしては頼りないけど。

「これらはラン様とこちらのヤマダ様、ナカガワ様が倒してくださったのだ。道を開けよ。村長宅へ行く」

テトンさんは汗びっしょりでぜえはあ言いながらもそう男に告げた。男は呆然としたように道を開けたので、俺たちはそのまままた村長の家に向かった。

ところでこの獣はどこで解体すればいいのだろうか。

「村長、戻ったぞ。ゴートを5頭狩っていただいた。解体場所へ案内する」

テトンさんは村長の家の扉を叩いてそう言った。

ゴートを5頭ってダジャレかな。いや、偶然なんだろうけど。

「なんだとぉっ！」

村長が泡を食ったように転がり出てきた。家の扉、壊れなくてよかったな。

「ええと、2頭はオオカミさんが狩ったのでオオカミさんのですけど。1頭は差し上げますよ」

そう言うと村長は目を剥いた。

「な、ななななんと太っ腹な！」

中川さんは嫌そうに視線を下げた。いや、中川さんは全く太ってないぞ？　むしろ痩《や》せていると思う。痩せすぎとまではいかないけどもう少し肉がついててもいいと思う。セクハラになりそうだから言わないけどな！

解体場所に案内してもらった。

『そなたら、我のも切れ』

オオカミに言われたので急いでオオカミが狩った方もバラした。テトンさんと村長の奥さんが村の女性たちを連れてきて手伝ってくれた。やっぱり人手があると早めに終わるな。２頭分の肉は新聞紙にくるんでリュックにしまった。このゴートという獣、見た目は森のシカもどきよりも小さいがなかなかに肉が多かった。２頭分もあれば数日は食べられそうである。さっそくオオカミとミコがべろんと取った内臓をがつがつ食べていた。内臓は一番栄養があるところらしいしなー。俺がせいぜい食べられるのは下処理をされたレバーぐらいのものだ。

１頭丸々村に進呈したら拝まれた。本当にこのゴートというヤギっぽい獣はなかなか捕まえられないのだそうだ。

「ありがとうございます、ありがとうございます！」

「頭を上げてください。すみません、おなか空いたので……」

「あら！　申し訳ありません！」

村長の奥さんが慌ててごはんを用意してくれた。

「………」

なんだろうこれ。お椀《わん》みたいな器《うつわ》の中に汁が入ってて鳥の餌っぽい黄色いつぶつぶがいっぱい浮かんでるけど。

今まで見たことがない食べ物だった。

「わぁ……粟粥《あわがゆ》ね。どこに畑があるのかしら」

中川さんは知っているようだった。

「この辺りは土地があまりよくなくて、これぐらいしか採れないんです。あとはこちらをどうぞ」

大豆っぽい豆を煮たのが出てきた。

「ありがとうございます」

「肉をいただけて村の者たちもみな感謝しております。どうか今夜は泊まっていってください。もしよろしければ何日滞在していただいてもかまいません」

最初と比べるとすごい手のひらの返しっぷりだ。得体が知れないのは間違いないからそれは仕方ない。村の人たちの額にはみな大なり小なり角が生えていた。でもテトンさんは違ったな。見えないところに亜人？　の特徴があるのだろうか。

中川さんが粟粥と言ったものを、スプーンで掬って食べてみた。

……味が全くない。

俺は中川さんを見た。中川さんは軽く頷いた。

「すみません、塩か何かありませんか？　さすがに全く味がないのは……」

中川さんがそう言うと、村長は申し訳なさそうに肩を竦《すく》めた。

「も、申し訳ありません……塩が採れる場所には……その、ドラゴンがおりまして……なかなか……」

「「ドラゴン!?」」

中川さんと思わず叫んでしまった。

ドラゴンってなんだ。どこまでこの世界はファンタジーなんだよー！

「さすがにドラゴンを倒せたりは……しませんよなぁ？」

おい村長、こっちをちらちら見るのはやめろ。そのドラゴンとやらを見てみないとわからないし、しかもドラゴンとか言われたらどう考えたって即死フラグだ。ラノベなんかだと最近カマセ扱いされたりもするドラゴンだが、そんなはずはない。ドラゴンだぞドラゴン。最強種だ。

絶対にかなうわけないだろーが。

「見たこともありません。でもドラゴンじゃしょうがないですね」

中川さんが見事にさらりと流してくれた。中川さんが手を出したので塩が入った竹筒を渡す。中川さんは少しだけ手のひらに出すと、それを粟粥に入れた。俺も中川さんと同じように塩を入れる。うん、塩があるとないでは違うな。

「あのぅ、そちらは……」

村長がおそるおそる聞いてきた。俺は無言で竹筒をリュックにしまった。

塩が貴重なのはわかるが、仮にもこの辺りの害獣を狩った者に対して一欠片《ひとかけら》も提供しないというのはいただけない。でもそれぐらい塩は貴重なものなのかもしれない。

この村にはこの村の事情があるのだろう。

大豆かなと思ったのはそのまんま大豆だった。でもそんなにおいしくはなかった。やはり元の世界のもののようにはいかないのだろう。こっちも味なしだったからかもしれない。

「ごちそうさまでした」

手を合わせて席を立った。

「あの、どちらへ……」

「聞きたいことも聞けましたのでこれでお暇《いとま》します」

「そ、そんな……」

村長と奥さんは絶句した。

俺たちが村長の家を出ると、オオカミさんとテトンさんがいた。

「テトンさんは昼食はいただきました？」

「いえ、私は1日2食ですから」

「それで足りるんですか？」

テトンさんは苦笑した。

「足りなくても仕方ありません。今はこの村以外に住むところもありませんし」

「そうですか。でも運んでくれて助かりました」

テトンさんが嬉しそうに笑った。中川さんに袖を引かれた。中川さんはテトンさんに同情的なのだろう。でも森の側から追い出された人はテトンさんだけではないと思う。

どちらにせよ話し合いは必要だ。でもそれは今すぐじゃない。

紙に塩を少し包んだものをテトンさんに渡した。付き合ってくれた礼のようなものだ。肉はすでに渡してある。

「もしかしたらしばらくこの辺りにいるかもしれませんので、また機会があったら会いましょう」

そう言って俺たちはとりあえずオオカミに乗り、また森の近くの林に戻る。

林に足を踏み入れてしばらくもしないうちにまた例の鳥が襲ってきたので、危なげなく倒した。確かクイドリとか言ってたっけ。

鳥、鳥言ってたんのもあれだから名前ぐらい覚えよう。

今回も襲ってきたのは4羽だった。トリ肉のストックばかり増えていくな。ヘビへのいいお土産になるだろうか。

それにしてもこのリュック、いくら荷物を入れても出しても重さがさほど変わらないのはどうしてだろう。やっぱり四次元ポ○ットかなんかなのかと思ってしまう。

いつも通り鳥を解体してから、あの村には金物屋《かなものや》みたいなのはあったのだろうかと今頃になって考えた。鉈と十徳ナイフはあるけどいいかげん包丁っぽいのが欲しいよな。サバイバルナイフは持ってるけど、包丁ではない。中川さんの不思議なポーチからボーナスみたいな形で出てきたノコギリは俺が預かっている。そういう作業をするのは主に俺だし。カランビットナイフなら中川さんが持っている。そういえば全然使ってないけど安全地帯に剣が置きっぱなしだった。今の俺の身体能力なら持てるだろうか。

それよりもまずは聞いたことを整理しなくてはならない。

「ミコが神の使いって何？　俺全く聞いてないんだけど」

あそこで聞いてきてもよかったんだが、そんな雰囲気じゃなかったから聞かなかった。今は夕飯のあとである。粟粥も塩を入れれば悪くはなかったがやっぱり米が好きだ。でも粟って、頼めばもらえたりするかな。塩と交換でもいいんだが。

『……人間たちが勝手に言っているだけだろう。我は知らぬ』

オオカミが首を振って答えた。うわ、使えねえ。

「ミコ、ミコは神の使いとか呼ばれてるみたいだけど知ってる？」

鳥の肉を食べ終えたミコの口を拭きながら、ミコ本人に改めて聞いてみたが、ミコはやっぱり首を傾げるだけだった。そして毛づくろいを始める。そんなはしたない恰好をするんじゃありませんっ。

「テトンさんだっけ？　あの人に聞いた方が早いんじゃないかしら？」

中川さんが言うことももっともだった。あと1つ気になることがあったので聞いてみる。

「オオカミさんは、ドラゴンって知ってる？」

『ドラゴン？　ああ、あの飛びトカゲか。それがどうした？』

飛びトカゲて。

飛び、ってことは羽でもあんのかな。

「いや、なんか塩があるところにいるって聞いてさ。それであそこの村人が塩を採りにいけないみたいなんだよな」

『塩がなんだかよくわからぬが、久しぶりに飛びトカゲの様子でも見に行くか』

「知り合いなのか？」

『知ってはいる』

オオカミは頷いた。どうも魔獣の類ではないようだった。中川さんは目をキラキラさせた。

「私もドラゴンに会いたい！　……けどいきなり攻撃されたりしない？」

『鳥を持っていけばよかろう』

「この鳥、ドラゴンも食べるのか？」

『食うじゃろう』

ならばお土産に持っていこうと思った。

手土産は大事だ。

野宿はたいへんだし身体も痛くなるが、あの村に滞在するよりはましだった。

何度も言うようだが塩の件についてはいいのだ。冷静になってみると塩は貴重だから俺たちの食べ物に足すこともできなかったのだろう。そこまではいい。

問題はドラゴンがいる場所でしか塩が採れないと俺たちに言ったことだ。あれは明らかに俺たちがドラゴンを倒す、ないしは追い払うことを期待しての発言だった。

あれでカチンときたのだ。

確かに俺たちはいろいろ便利な道具も持っているし、調味料が出てくるへんなありがたい水筒も持っている。でも身体能力は元々ここの人たちより劣《おと》っていたはずだ。偶然魔獣を倒し、リバースしながら解体し、魔獣の肉を食うことで身体能力が上がっているにすぎない。全く苦労をしていないわけではないのだ。

だからそう、その苦労にただ乗りされるような嫌な気分になったのだ。

そっか、と腹が立った理由がわかってすっきりした。

「オオカミさん、話戻るんだけどさ。山で狩ったゴートだっけ？　今さっき食ったこの肉もなんか力が上がったりすんの？」

『そうじゃな……能力が上がるのはわかるが微々《びび》たるものだ。もっと山の上の方にいる獣を狩れば上がるじゃろうが、あれではほとんど上がらぬ』

「そういうのってどうやったらわかるんだ？」

オオカミやヘビにはわかるようなのだが俺にはさっぱりわからん。

『わかるだけだ』

つまり能力を測る方法は知らないってことだろう。

「あのゴートって獣、それなりに強いんじゃないのか？」

『今のそなたらであれば角を掴んで押さえ込むことも可能じゃろうて』

「えええ⁉」

中川さんが驚愕の声を上げた。

「私たち、どれだけ力が強くなってるワケ？」

中川さんは両手を開いてじっと見つめた。

『力加減は無意識にできているようじゃし、力を籠《こ》めれば大概のことはできるじゃろう』

「ってことは……この木の枝とかも折ろうと思えば折れるってこと？」

『そこらへんの枝ぐらいなら余裕じゃろう』

「ちょっとやってみる！」

今度は俺が驚いた。中川さんはなかなかにフットワークが軽い。しっかりした木の枝を握って確認し、下へ向かって折り取るように力をかけた。

バキバキバキバキ、バリーンッ‼

「うっそ……。うーん……手刀《しゅとう》とかももしかしてできるのかな？」

見事に枝が折れた。だがそれだけでは納得できなかったらしい。中川さんは他の木の枝に少し斜めになるように手の端を当てると、

「せいっ！」

と声を上げて……。

バキーンッ!!

「マジか……」

手刀でも木の枝を折ってしまった。直径10センチはありそうな木の枝である。

「これって……小屋とか作るのに役に立つかな！」

中川さんが嬉しそうに言う。

「うん、役に立つと思うよ……」

喜んでいるみたいだからいいか。俺も試しに近くの太い枝に手刀の要領で手の端を当て、「せいっ！」と掛け声を上げて振り下ろしてみた。

バキバキッ！

と音がした。

「マジか」

いつの間にか怪力になっていたらしい。ちなみに手にダメージは全くなかった。これ、補助魔法使ったらなんでもできるんじゃね？　と冷汗をかいた。

また情報量が多すぎて頭がフリーズしたためそのまますぐに寝た。今日は洗浄魔法を覚えたので楽勝だった。服もキレイになるみたいだし万々歳である。ミコにもかけてやったらしきりに毛づくろいをしていた。匂いがなくなってしまって落ち着かないみたいだった。悪いことをしたなと思った。

そういえば動物ってあんまり洗っちゃいけないんだったか？　洗浄魔法って何がどうなってるんだろうな？


翌朝である。さすがに何日も野宿はきつい。ここにしばらく住むなら寝床を作りたいと思ってしまう。身体がバキバキだ。ストレッチをしていたら鳥が飛んできたので飛ぶ軌道を予測して醤油鉄砲で撃った。

ギャアアアアアッツ!!

ちょうど目に当たったらしく鳥はすぐ近くまで飛んできたけど俺たちを避けて落ちた。向かってきたら上着で殴る予定だった。

当たらなくてよかったなと思った。マップを確認したらもう1つ赤い点が近づいてきている。

「オオカミさん！」

『任せよ！』

オオカミは派手に飛び上がってもう1羽に噛みついた。さすがにそれ以上の襲撃はなかった。

「……クイドリの縄張りって話ですけど、この林の中って都合何羽ぐらいいるんですかね？」

この調子で狩ってたら狩りつくしてしまいそうである。

『数などわかるわけがなかろう』

一蹴《いっしゅう》された。まぁそうだよな。狩り尽くしたところでオオカミには関係ないだろうし。

つか、絶滅だのなんだのっていちいち気にするのは人間だけかもしれない。でもみんながみんな気にしてるわけじゃないから絶滅しちゃうのは絶滅しちゃうんだけどさ。目に見えないぐらい小さな生き物なんてもっとわからないしな。

「クイドリってこの林以外にもいるんですか？」

『こやつらは森では暮らしていけぬ。林を見つけて住み着くのだ。林はいたるところにあるからのぅ。じゃが、竹林にだけは近づかぬ。不思議なものじゃ』

竹には魔除《まよ》けの効果があるとかそういう話なんだろうか。

「そしたら昨日のゴートも竹には近づかないのかな」

『知らぬな』

だよな。つーか、竹を避けるんだったら周りに竹を植えればいいんじゃないか？　でも竹って高山には生えないんだっけ？　笹はどうなんだろうな？

「んー……なんかうるさかったけどー……っきゃーーー!?」

あ、鳥を解体しないとな。忘れてた。

中川さんは起きていきなりでかい鳥の死骸《しがい》を見たらしい。悪いと思ったので湯を沸かしてお茶を淹れた。

このお茶は中川さんが大事に持っていた緑茶のティーバッグの最後の1個である。それを俺のリュックに入れて出してを繰り返しているので緑茶だけは飲めるようになっている。

「山田君のリュックがそんなに高性能だって知ってたら、紅茶のティーバッグも残しておいたのに！」

と中川さんが地団太《じだんだ》踏んで悔しがっていたのを思い出した。そもそも会う前に飲み終えてしまったみたいだけど。確かにそれは残念だった。

「……緑茶はほっとするねー」

中川さんがお茶を飲んでいる間に鳥の羽を毟り、解体した。洗浄魔法のおかげでいちいち水を出して洗わなくてよくなったのが助かる。森の魔獣の肉程度で魔法を教われるならもっと狩ってきてもいいんじゃないかとまで思ってしまった。面倒だから狩らないけど。

オオカミが狩った分も解体し、俺たちの分は焼いて食べた。お弁当箱の中のおにぎりをごはんにして。ミコは朝から鳥の内臓が食べられてご機嫌だ。さすがに最近食べるものが多いので中川さんにゆで卵も半分進呈することにした。今まであげなかったことを怒られるかなと思いながら、おそるおそる卵を半分に切って渡したら中川さんの目の色が変わった。

「え？　卵まであったの!?」

「ごめん。今までは俺が全部食べてた」

「あ、うん。それはいいんじゃない？　だって山田君のお弁当でしょ？」

中川さんはあっけらかんと言った。俺は目を丸くして彼女を見た。ちょっと塩を出して、そこに卵をつけて食べる中川さんは本当に嬉しそうだった。こんなことならもっと早く半分こにしてあげればよかったと思った。

「……私さー、山田君には本当に感謝してるんだよ？　私だけだったら絶対ここまで来られなかったもの。スクリは確かに頼りになるけどああだし……山田君が見つけてくれなかったら本当に寂しくて野たれ死んでいたかもしれない」

「そんな……俺だってスクリやオオカミさんにはおんぶにだっこだし……」

「オオカミさんのところに行くようにスクリに言ったのも山田君じゃない。だから、私にできることがあったらなんでも言ってね。山田君の役に立てるよう、がんばるから！」

「え？　いや、そんな……」

俺は狼狽えた。こういう場面で男らしく答えられればよかったのかもしれないが、残念ながら俺はヘタレのようだった。

「じゃ、じゃあ……その時はよろしく……」

そう返すことしかできなくて、何故かミコに尾でぺしぺし叩かれた。情けないと言われたみたいだ。

しょうがねーだろ。俺は中川さんが好きなんだよ。

まだ自分たちのことも、この世界のこともなんにもわかんないけどな。でももし、元の世界に帰れるとか、帰れないとかわかったら……中川さんに告白しようと思っている。

え？　なになにしたらは死亡フラグだって？　ほっとけ。

すでに毎日が死地でサバイバルだわ。

外伝1　ペットボトルランタンを点けてみたら

山田彼方です。

異世界トリップ（？）をしてから3日が過ぎました。

って多分異世界トリップしたんじゃないかと思うんだよな。まだ誰にも会えてないから確信はできないんだけどさ。

間違いなくここは日本ではないと思う。原っぱの側にある丈夫な竹を、登り棒の要領で登ってみたけど残念ながらてっぺんまでは登れなかった。こんな聳《そび》え立つような竹なんて日本では見たことがない。何本かがんばって切ってみたけど、すごい長さがあった。

ここに来てから原っぱの草を編んで紐を作ったり（ロープは持ってるけど念のためだ）、周りの竹を切って寝床を作ったり、毎日攻めてくる角のついた魔獣を解体したりしている。

電気なんて文明の利器はないので、暗くなったら寝る生活だ。

ただひたすらに肉体労働をし、肉を食べて寝るなんてある意味健康的かもしれない。

……手ぇぼろぼろだけどな。

軍手《ぐんて》もあってよかった。なかったらこんなにいろいろできなかったに違いない。

今日は魔獣が攻めてきた時間が遅かった。おかげで解体し終わった頃には、辺りは暗くなってきていた。

「困ったな……」

ペットボトルの水で手をよく洗い、肉を焼いて食べる。懐中電灯《かいちゅうでんとう》はあるんだけど、一点を照らすだけなので暗いことに変わりはない。

「洗い物は明日か……でもなぁ」

けっこう虫もいるからほっとくのは嫌なんだよな。朝フライパンに虫が……なんてのは御免蒙る。

ってことで、スマホを出してみた。

電源を入れる。

まだバッテリーは残っているので、ライトを点《つ》けて上に向け、その上に水の入った500ミリのペットボトルを置いた。うん、懐中電灯よりはましだ。それを側に置いたままフライパンなどを洗った。

明かりに誘われて虫が飛んでくるのは嫌だが、寝床に入るまでには消すからいいだろうと思っていた。作業をしていたらガサガサと音がし、その音が近づいてきた。

イタチたちだった。

「どうしたんだ？」

白いイタチがペットボトルランタンを不思議そうに見ている。なんで光っているのかわからないみたいだ。

普通はわかんないよな。俺も原理とかは不明だ。こうすればこうなるってのを知っているだけである。

このスマホのライトを利用してペットボトルの水で光を拡散するってのは、たまたま家で停電したことがあったので覚えていた。

ちょっとした知識だが、知っててよかったと思う。

白イタチがちょこちょこと近づいてきて、後ろ足で立ち上がったかと思うとペットボトルを取った。

「あっ！」

ギュワッ!?

その途端ライトの光をもろに浴びてしまったみたいで、イタチはペットボトルを落として逃げていってしまった。

なんだか悪いことをしたなと思った。

「なんかごめんなー」

ペットボトルをスマホの上に戻せば、先ほどと同じように光が拡散された。イタチたちがそれを遠巻きに見ている。

ずっと点けているとバッテリーがなくなるので、とっととやることを済ませ、寝床を軽く燻してからライトを消す。

ほう……とほっとしたような音が届いた。見慣れない明かりは気になるけれど、イタチたちにとっては怖かったのかもしれない。

「ごめんなー」

もう一度声をかけたら、白イタチが俺の上着の中に潜り込んできた。許してくれたようである。

「ありがとう」

今後は、暗くなってからはできるだけ作業をしないようにしようと思ったのだった。

外伝2　深夜の女子会

中川里佳子がイイズナたちの縄張りである西の安全地帯で暮らし始めてから4日が過ぎた。

白いイイズナであるミコは、己《おのれ》の主と決めた山田彼方のことが大好きである。

「おやすみ～」

彼方が寝る時、ミコは彼方の上着の内ポケットに入り込み、一緒に寝る。

「今日もミコはかわいいな～」

彼方は上機嫌だ。寝入るまではミコを潰さないように気をつけてはいるが、寝入ってしばらくすると危険である。一度ミコは寝ている彼方に潰されかけたことがあった。それ以来ミコは彼方が寝てしばらくすると内ポケットからするりと出ることにしている。

元々ミコたちイイズナは昼夜を問わず活動が可能だ。特にミコはあまり睡眠《すいみん》を必要としなかった。

ミコは毎晩彼方の上着の内ポケットに入り、彼方が寝たことを確認してから出てくる。そして木のうろで眠り、朝方また彼方の内ポケットの中に戻るのだ。これはミコにとって彼方が己の主だと他のイイズナに知らせる行為であった。

他のイイズナたちは彼方が連れてきた里佳子に興味があるようだった。ちなみに、里佳子と一緒に来たヘビの扱いはどうしたものかとイイズナたちも迷っていたりする。大蛇がイイズナを襲うことはないが、木に生息する芋虫を食べられるのは困るのだ。

そこはミコが交渉を求められているので、たまにヘビと話をしていたりする。なかなか折り合いがつかないが、芋虫はイイズナにとって大事な栄養源だ。ミコは意外と忙しいのだった。

さて、彼方の上着の内ポケットから出て木の上に向かおうとした時、

「ミコちゃん」

と衝立の向こうから声がかかった。小さな声だったが、ミコの耳にはちゃんと届いた。

里佳子だった。

何事かと衝立の方を見れば、衝立の端からポテトチップスの袋が見え隠れしている。そういえば今日里佳子が彼方に1袋所望していたことをミコは思い出した。独《ひと》り占《じ》めする気かと思っていたがそうではなかったらしい。

「ミコちゃん」

また呼ばれた。里佳子は彼方に聞こえないように小さな声でしゃべっているらしい。彼方は眠ってしまうと暗い間はちょっとやそっとでは起きないから大丈夫なのだが、里佳子なりに気を遣っているのだろうとミコは判断した。

「一緒にポテチ食べよ？」

そう言われてしまっては逆らえない。ミコはポテチが好きなのだ。

一番好きなのは鳥や蛇の卵だが、彼方が出したこのポテチもミコは好きになってしまった。

里佳子が明かりを点ける。これはソーラーランタンといい、太陽の光（直射日光）を日中浴びせることで夜も光るというものらしかった。ミコは首を傾げた。以前彼方が出したものとは光が違ったのだ。

「明かり、面白い？」

里佳子がにこにこしながらミコに声をかけた。キュ、とミコが鳴くと、里佳子の頬は更に緩んだ。

「開けるねー」

ポテチの袋を開けて、袋を平らに開く。里佳子はポテチを2つに分けた。

「はい、こっちがミコちゃんの分」

ククククとミコは鳴き、里佳子に礼を言った。

「喜んでもらえてよかった。お話ししましょ」

ミコは頷いた。

ポテチでもてなされてしまったなら仕方ないと思った。

「ミコちゃんはさ、山田君のこと、好き？」

里佳子に聞かれ、ミコはキュウと答えた。

彼方はとても優しい。彼方を嫌う者などいないだろうとミコは思う。

キュウウ？　と今度はミコが里佳子に尋ねた。

「うん、私も……山田君のことが好きよ」

そう言って里佳子ははにかんだ。

「ここに来てからじゃなくてね、ここに来るずっと前から私、山田君のことが好きだったの」

彼方がここに来る前のことはミコにはわからない。その頃から、彼方と里佳子は知り合っていたらしい。

「だからミコちゃんは私のライバルなんだけど……私、ミコちゃんのことも好きよ」

キュウ？　とミコは首を傾げた。

ライバルという言葉の意味はわからなかった。でも「好き」という言葉はわかる。

どうやら里佳子はミコのことが好きらしい。ミコもまた里佳子のことは認めているから、それでいいと思う。

ミコたちイイズナにとって、木の上で捕れる芋虫をあげるのは特別なことだった。ミコたちは気に入った相手にしか芋虫をあげたりはしない。

彼方はミコたちを尊重した。そしてポテチもくれた。だからミコは彼方に芋虫を食べさせた。

彼方はとても困っていたようだったが、意を決したように食べた。だからミコは彼方を認め、一緒にいると決めた。いつもにこにこしてミコを優しく撫でる彼方を、ミコは己の主と定めた。

里佳子は彼方が好きな相手だ。

彼方はとてもわかりやすい。里佳子に会った時、その目が輝いたことをミコは知っている。

里佳子が気に食わない相手なら徹底的に邪魔をしてやろうとミコは思っていた。けれど、ミコのそんな思いに反して里佳子はミコを「かわいい」と言う。そしてミコたちイイズナをとても優しい目で見るのだ。

ミコだけでなく他のイイズナたちも里佳子を認めるには十分だった。

2人でパリパリとポテチを食べる。

「こんな時間に食べたら太っちゃいそうだけど……昼間いっぱい動いてるからいいかなー？」

里佳子がてへっと笑う。

太るといけないのだろうかとミコは首を傾げた。

「ミコちゃんがそうやって首を傾げる姿もかわいいわね～」

里佳子はとても楽しそうだ。

「ミコちゃん、これからも仲良くしてね」

里佳子にそう言われ、ミコはキュッと返事をした。彼方が好いていて、ミコたちイイズナのことも尊重してくれる相手である。ミコに否やはなかった。

それから、時々秘密の女子会が開かれることになったが、それは彼方にはないしょである。

女子は女子同士いろいろ話すことがあるのだった。

外伝3　いろいろトライしてみる？

俺が持っているフライパンは、小さめだけどテフロン加工なので油なしでも肉が焼ける。

焦げつかないというだけでもテフロン加工万歳だ。

水筒から毎日異なる調味料が出てくるし、魔獣を狩ればいつだっておいしい肉が食べられるのはすごいとは思っている。

そう、確かに肉はうまい。念のため毎回よく焼いて食べているが、それほど固くもならずとてもうまい。（大事なことなので二度言いました）

しかし、しかしだ。

魔獣の肉は赤身が主なのである。脂身がほとんどない肉からは、あまり油は出ないのだ。

油といえばオイルサーディンのオイルとツナ缶の油はある。でもなんかそれではないのだ。

俺が求めているのは純粋な油なのである。

あ、もちろん食用でお願いします。

ってことで木を眺めた。

赤い、椿っぽい花がところどころに咲いている。椿であれば実が生《な》るはずだ。その実を割って出てくる種からは椿油が採れるはずである。

椿油は髪に塗るにもいいと聞いたことがあった。

でも花も咲いている今の時期に椿の実なんて採れるものなのか？

椿の実なんて1年中採れるもんでもないだろ。

せめてこの花が散るまでは無理かな、なんて思っていた。

そんなわけで、今日も今日とて椿の木を眺めながらため息をついていた。

今日は何もしないのか？　と言いたげにミコが近づいてきて首を傾げ、キュウ？　と鳴いた。

うん、かわいい。

「ポテチ食うかー？」

手持ち無沙汰なので、せっかくだからポテトチップスを出したら喜んでくれた。立ち上がって両の前足で持つ姿はつい撮りたくなってしまう。

キュキュッと鳴くのがかわいい。

「なー、ミコ。この木ってさ、種とか実とか生ったりすんの？」

俺の言っていることがわかるかどうかは不明だったけど聞くだけ聞いてみた。ミコはパリパリとポテチを食べてから、キューイと鳴いた。それは返事なのかと思っていたら、他のイタチたちが何やら咥えてやってきて、俺の前に落とした。

黒っぽいそれを見て、一瞬なんだろうと思った。

「？　なんだ？」

摘まんでみたら、それは椿の種だった。

「ええっ？　今の時期にあんの？」

ちょっと驚いた。つっても今の時期がいつかとか全然知らない。木を見上げる。花はところどころに咲いていた。

ってことは、もしかしてイタチたちが取っておいたやつじゃないのか？

「うーん、大事に保存してたならいらないんだけど……油が欲しいだけだし」

ミコは首を傾げた。いらないの？　と言われているみたいだった。

せっかくくれたんだしもらっておくか。使わなかったら返せばいいんだし。

「ありがとう。でもこれ以上はいらないから、な？」

クククククとミコが鳴く。わかってくれたみたいで、俺はそっと胸を撫で下ろした。

ってことで椿の種を都合20個ほどいただいた。

これから油を抽出《ちゅうしゅつ》するとなると、まず粉にしなければいけないだろ？　それからその粉にしたのを布かなんかに包んで思いっきり搾る、のか？

「粉……」

石臼《いしうす》かなんかがないと厳しい。

「どうしよう……」

そこらへんの石とかでちょうどいい大きさと重さのなんかあるかな。まず石から探さないといけないとか、サバイバルが過ぎる。

離れたところからドドドドドッ!! と何かが駆けてくる音が聞こえてきた。

「うえぇ……」

また何かが木々の向こうから攻めてきたようである。とりあえず手元にあった投げやすい石に焼肉のタレをつけて魔獣を待ったのだった。


石臼にできそうな石がなかなか見つからない。

竹林に入って探したりもしたのだが、竹が生えてくる時に割れたような石が散見された。竹、怖いなと思った。

次に考えたのは、弓を作ることだった。

俺は今まで弓に触れたことがない。今のところ魔獣に対抗する方法は、木々のあるところに醤油や焼肉のタレを撒いておくことと、手頃な石にそれらをつけて魔獣に投げつけることだけである。でも矢を射ることができれば攻撃するための飛距離は延びるに違いない。

ってことで弓を作成することにした。

木々がある方に行って枝とか折ってくるのも怖い。いつ魔獣が向かってくるかわからないからである。

ということで材料には竹を使うことにした。

竹ならいっぱい生えてるし。

でもちょうどいい太さの竹ってなかなかないんだよなぁ。それに長さも大事だ。しならせることを考えると、1メートルでは足りないだろう。1メートル50センチぐらい切って、しならせるか。

竹はどれも立派すぎるぐらい立派なので、生えてきてまだそれほど経たない竹を使わせてもらうことにした。タケノコとして収穫しそこねたやつである。

竹はそのままでは使えないので、まず切って割る。

半分に割っただけだと使い勝手が悪いので更に割る。大体4分の1ぐらいの細さ。その節を削って平らにし、2枚重ねて紐で縛る。

ぐるんぐるん。

この時点で半日ぐらい過ぎた。

そんなことをやっているうちに今日も魔獣が攻めてきたので石を投げまくった。

うん、なかなか作業が進まないな。

しかも倒したただけだとイタチたちが寄ってくる。

キュウ？　とミコが近づいてきて鳴いた。

解体しないのー？　と言われているようである。

「解体すっかー……」

ってことで弓作りはしばし中断だ。

今回はシカもどきだった。うまいんだけど、日を置かないとどうもな。イタチたちは喜んで内臓からガツガツ食べている。もう少し俺から離れたところで食べてほしい。

とりあえず昼食にした。おにぎりとゆで卵がうまい。弁当箱にもっと詰めてくれればよかったなぁ。

で、午後も弓作りに勤しんだ。

「これをしならせるのか……」

竹だからある程度はしなるわな。

「火であぶった方がいいのかな……」

ちょっとライターであぶってみたが、よくわからなかった。竹の上下に穴を開け、そこに紐を通す。よーく縛りつけて、と。

「おお……曲がった」

やっと竹が弓っぽくなった。

ちょっと感動する。

あとは矢だ。ってことでまた竹を割り、節を削ったりして矢となる細い棒を作る。

……できた時には太陽がもう沈みかけていた。

「……何をするにも時間がかかるな……」

ため息をつきつつ、やっと矢の試射《ししゃ》である。

「うぉう⁉」

気がついたらイタチたちが後ろで俺を見守っていた。イタチたちも俺が何をしているか興味津々のようだった。これで失敗したらとても恥ずかしい。

しかし、物事に失敗はつきものなのだ。失敗なくして成功はない！

と、いうわけで竹林に段ボールを立てかけ、それに向かって矢を射ることにした。下向きだからへんな方向には飛んでいかないはずである。

「よーし、やるぞー！」

これが成功したら俺の攻撃手段が増えるのだ。ふはははは！（へんなテンション）

弓の真ん中は少し削ってへこみをつけてある。そこに矢をつがうようにして、紐を引っ張り……。

「……えっ？」

矢を射ったはずなんだがどっかに消えた……？

ギャウッ!?　と鳴き声が背後から聞こえて、俺はバッと振り向いた。

イタチたちは俺の後ろにずっといたらしい。矢は何故か後方に飛び、イタチたちは驚いたらしく逃げていった。

「ええええ……」

なんで後ろに飛んだんだ？　力のかけ方を間違えたのだろうか。

「えーと……イタチたちにはあとで謝るとして……」

あとでポテチを提供しようと決意し、それから何回か矢を射ってみたのだが……。

「どうしてええええええ!?」

辺りはもう暗くなってきている。矢はどうしても前には飛ばなかった。

これはもう、俺には弓を使うなということなんだろうか。

その場で膝立ちになり、バタッと倒れた。せっかく1日かけて弓を作ったというのに、なんたる仕打ち。

そのまま倒れていたら、キイイイイッッ！　と高い鳴き声が側で聞こえて飛び起きた。

「ええっ？」

少し離れたところにミコがいた。そうだ、意図はしていなかったがイタチたちに攻撃してしまったことを思い出した。

「あ……えーと、うん……その……ごめんなさい！」

俺はその場で土下座《どげざ》した。そしてポテチをイタチたちに進呈し、事なきを得たのだった。生命の危機を感じ、２袋出した。

イタチたちにじわじわ包囲されそうになって、すんごく怖かったです。ごめんなさい、もうしません。

というわけで俺は弓を封印《ふういん》した。

うん、俺は矢を射るなんて無謀なことをしてはいけなかったのだ。俺にできることは石投げの精度を上げるとか、醤油鉄砲の開発ぐらいである。しっかし醤油鉄砲で倒すとか、やっぱどう考えてもしまらないよなー。

後日、石臼に使えそうな石は見つかったが、その石と石の間に種を置くだけではできないということもわかった。石臼の原理を、俺は全くわかっていなかったんである。

弓については中川さんと再会してから聞いてみた。

「思いっきり後ろに引き絞《しぼ》ってないからじゃない？」

と言われて試しにまたやってみたが、やっぱり矢が後ろに飛んだのでミコにめちゃくちゃ怒られた。

「いてててっ!!」

服の上からだからって噛むのやめてください。

「あははははー。山田君は弓はやめた方がいいかもねー」

中川さんは目を逸らしてそう言った。

「そうします……」

矢を射れたらかっこよかっただろうにと思いながら、俺は醤油鉄砲の精度を上げるのだった。

あとがき

ツギクルブックスでは初めまして！　浅葱と申します。

この度は『準備万端異世界トリップ　～森にいたイタチと一緒に旅しよう！』をお手に取ってくださりありがとうございました。

こちらの物語は、もともと他社のコンテスト用に書いたものです。２０２１年に連載を開始し、第一部を終えたところで一旦止めていました。

再度コンテスト参加のため、カクヨムというサイトに加筆して転載をしましたが、残念ながら中間選考止まりでした。続きの構想はしっかりありましたが、連載を再開するきっかけがつかめず、どうしようかなと思っていたところツギクルの編集さんからお声掛けいただけました。本当にありがたいと思っています。

おかげさまでＷｅｂ連載も再開し、このまま最後まで書いていくつもりです。

今回は失恋して異世界トリップ（？）した17歳の少年が主人公です。最初からツッコミどころ満載の物語です。水筒の中身は……と、まだ本編を読んでいない方がいらっしゃるかもしれませんので止めておきますね。書籍では書下ろしを20ページ書かせていただきました。本作ではまだ番外編を書いたことがなかったので、何を書こうかな～ととても楽しく考えることができました。本編もイタチ（イイズナ）成分マシマシで、ミコさんがめちゃんこかわいいです。楽しんでお読みいただけると幸いです。

お声掛けくださったツギクル編集のKさん、素敵なイラストを描いてくださったむにさん、校正、装丁、制作、出版に関わった全ての方々に感謝を捧げます。

「サバイバル？　読みたい！」と楽しみにしてくれている家族にも感謝しています。

まだまだ続きますので、これからも楽しみに読んでいただけると幸いです。

さらにこの度、カドカワＢＯＯＫＳさんから『前略、山暮らしを始めました。』の６巻が７月10日に発売予定です。

そう、なんと発売日が同じなのです！

『山暮らし～』は現代ファンタジーで、『準備万端～』は異世界ファンタジーですが、両方ともかわいくて強い生き物が活躍しております。どちらもどうぞよろしくお願いします。

浅葱

次世代型コンテンツポータルサイト

ツギクル　https://www.tugikuru.jp/

「ツギクル」はWeb発クリエイターの活躍が珍しくなくなった流れを背景に、作家などを目指すクリエイターに最新のIT技術による環境を提供し、Web上での創作活動を支援するサービスです。

作品を投稿あるいは登録することで、アクセス数などの人気指標がランキングで表示されるほか、作品の構成要素、特徴、類似作品情報、文章の読みやすさなど、AIを活用した作品分析を行うことができます。

今後も登録作品からの書籍化を行っていく予定です。

ツギクルAI分析結果

「準備万端異世界トリップ　～森にいたイタチと一緒に旅しよう！～」のジャンル構成は、ファンタジーに続いて、恋愛、SF、歴史・時代、ミステリー、ホラー、青春、童話、現代文学の順番に要素が多い結果となりました。

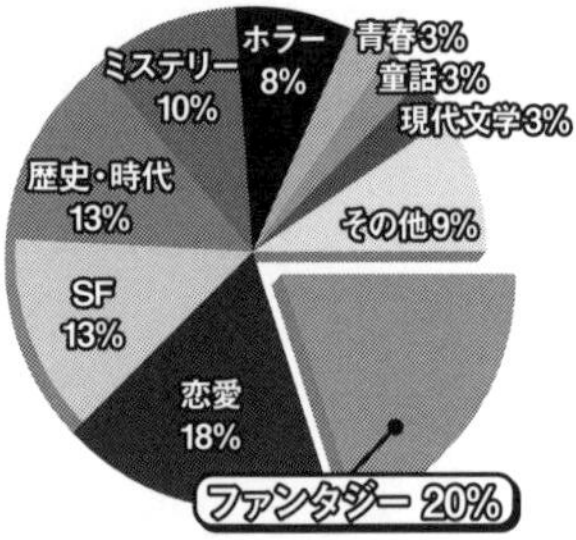

期間限定SS配信

「準備万端異世界トリップ　～森にいたイタチと一緒に旅しよう！～」

右記のQRコードを読み込むと、「準備万端異世界トリップ　～森にいたイタチと一緒に旅しよう！～」のスペシャルストーリーを楽しむことができます。ぜひアクセスしてください。キャンペーン期間は2025年1月10日までとなっております。

橋本秋葉
イラスト 憂目さと
S級勇者は退職したい！
誰もが認める王国最強パーティーの有能指揮官は
自分が真の勇者であると気がつかない！
コミカライズ企画進行中！
サブローは18歳のときに幼馴染みや親友たちとパーティーを組んで勇者となった。しかし彼女たちはあまりにも強すぎた。どんな強敵相手にも膝を折らず無双する不屈のギャングに、数多の精霊と契約して魔術・魔法を使いこなす美女。どんなことでも完璧にコピーできるイケメン女子に、魔物とさえ仲良くなれてしまう不思議な少女。サブローはリーダーを務めるが限界を迎える。「僕、冒険を辞めようと思ってるんだ」しかしサブローは気がついていなかった。自分自身こそが最強であるということに。同じ頃、魔神が復活する──
これは自己評価が異常に低い最強指揮官の物語。
定価1,430円（本体1,300円＋税10%）　ISBN978-4-8156-2774-4
ツギクルブックス
https://books.tugikuru.jp/

プライベートダンジョン
～田舎暮らしとダンジョン素材の酒と飯～
1～2
著：じゃがバター
イラスト：しの
鶏に牛、魚介類などダンジョンは食材の宝庫！
シリーズ累計65万部
『異世界に転移したら山の中だった。反動で強さよりも快適さを選びました。』の著者、じゃがバター氏の最新作！
これぞ理想の田舎暮らし！？
ある日、家にダンジョンが出現。そこにいた聖獣に「ダンジョンに仇なす者を消し去るイレイサーの協力者になってほしい」とスカウトされる。
ダンジョンに仇なす者もイレイサーも割とどうでもいいが、
ドロップの傾向を選べるダンジョンは魅力的――。
これは、突然できた家のダンジョンを大いに利用しながら、
美味しい飯のために奮闘する男の物語。
1巻：定価1,320円（本体1,200円＋税10％）978-4-8156-2423-1
2巻：定価1,430円（本体1,300円＋税10％）978-4-8156-2773-7
ツギクルブックス
https://books.tugikuru.jp/

だって、あなたが浮気をしたから
あなたが浮気をしなければ
著 高瀬船 イラスト 内河

異世界で海暮らしを始めました
~万能船のおかげで快適な生活が実現できています~
著 ラチム
イラスト riritto
絶対に沈まない豪華装備の船でレッツゴー！
異世界で海上スローライフを満喫！
コミカライズ企画進行中！

もふもふの神様と
旅に出ます。
神殿には二度と
戻りません！
四季 葉
イラスト むらき
神様、今日は
なに食べますか？
まっしろもふもふな神様との
目的地のない、
ほっこり旅！

ツギクルブックス

愛読者アンケートに回答してカバーイラストをダウンロード！

愛読者アンケートや本書に関するご意見、浅葱先生、むに先生へのファンレターは、下記のURLまたは右のQRコードよりアクセスしてください。
アンケートにご回答いただくとカバーイラストの画像データがダウンロードできますので、壁紙などでご使用ください。
https://books.tugikuru.jp/q/202407/isekaitrip.html

本書は、カクヨムに掲載された「準備万端異世界トリップ～俺はイタチと引きこもる～」を加筆修正したものです。

準備万端異世界《じゅんびばんたんいせかい》トリップ
～森《もり》にいたイタチと一緒《いっしょ》に旅《たび》しよう！～

2024年7月25日　初版第1刷発行

著者　浅葱《あさぎ》

発行人　宇草 亮
発行所　ツギクル株式会社
〒105-0001　東京都港区虎ノ門2-2-1
発売元　SBクリエイティブ株式会社
〒105-0001　東京都港区虎ノ門2-2-1

イラスト　むに
装丁　株式会社エストール

印刷・製本　中央精版印刷株式会社

ISBN978-4-8156-2775-1
Printed in Japan